WIGETTA

EN EL PLANETA MIMISIKÚ

VEGETTA777   WILLYREX

WIGETTA

EN EL PLANETA MIMISIKÚ

Obra editada en colaboración con Editorial Planeta – España

© Ismael Municio, por el diseño de personajes,
ambientación, fondos y portada, 2017
© José Luis Ágreda, por la línea y la creación de
personajes secundarios, 2017
© Pablo Velarde, por los bocetos y la creación de
personajes secundarios, 2017
Color: Alfredo Iglesias
Diseño de interiores: Rudesindo de la Fuente

© 2017, Willyrex
© 2017, Vegetta777
Redacción y versión final del texto: Joaquín Londáiz, 2017
© 2017, Editorial Planeta, S. A. – Barcelona, España
Ediciones Temas de Hoy, sello editorial de Editorial Planeta, S.A.

Derechos reservados

© 2017, Editorial Planeta Mexicana, S.A. de C.V.
Bajo el sello editorial TEMAS DE HOY M.R.
Avenida Presidente Masarik núm. 111, Piso 2
Colonia Polanco V Sección
Deleg. Miguel Hidalgo
C.P. 11560, Ciudad de México
www.planetadelibros.com.mx

Primera edición impresa en España: marzo de 2017
ISBN: 978-84-9998-583-1

Primera edición impresa en México: marzo de 2017
ISBN: 978-607-07-4016-9

Impreso en los talleres de Litográfica Ingramex, S.A. de C.V.
Centeno núm. 162-1, colonia Granjas Esmeralda, Ciudad de México
Impreso en México – Printed in Mexico

ÍNDICE

UN DESTELLO
EN EL CIELO

Era una noche bastante calurosa en **PUEBLO**. El verano estaba próximo y la gente aprovechaba para tomarse algo alegremente en la terracita que **TABERNARDO** había montado frente a su local. Durante el día, el tabernero desplegaba unas sombrillas de colores que alegraban la vista y protegían del sol. Por la noche, las recogía para que los habitantes de Pueblo pudiesen disfrutar del cielo estrellado.

WILLY y **VEGETTA** se hallaban sentados a una de esas mesas con sus fieles mascotas, **TROTUMAN** y **VAKYPANDY**. Saboreaban unas novedosas bebidas de frutas exóticas que estaban resultando todo un éxito.

—**¡ESTO ESTÁ RIQUÍSIMO!** —exclamó Trotuman, dando un nuevo sorbo de su pajita.

—¡Ya lo creo! —reconoció Vakypandy, imitando a su amigo.

Willy la observó atentamente, mientras bebía.

—**¿Apio y limón?** —preguntó intentando contener la risa—. No hay duda de que tu sorbete es verdaderamente exótico, Vakypandy.

—Estoy contigo, Willy —le apoyó Vegetta—. Para eso, podías haberlo pedido de bróco...

—No os paséis, no os paséis —dijo Trotuman, saliendo en defensa de su amiga—. El mío tiene mango, melocotón, un poco de hierbabuena y... No sé. Tiene algo más, pero no sabría decir qué es.

En ese instante, apareció por allí Tabernardo. Llevaba una bandeja cargada de bebidas que fue repartiendo con gran habilidad entre las distintas mesas. El hombre había ganado unos kilos de peso y su rostro regordete y sonriente daba a entender que estaba feliz por la marcha de su negocio.

—**¡Tienes un buen sentido del gusto, Trotuman!** —dijo el tabernero—. Efectivamente, tu sorbete lleva algo más. Se trata de mi ingrediente **secreto...**

Los cuatro amigos se quedaron mirando al hombre con los ojos abiertos como platos. Él supo de inmediato en qué estaban pensando y rio a carcajadas.

—**¡NO TEMÁIS, NO TEMÁIS!** —los tranquilizó—. No he usado setas de ningún tipo.

—**¡Menos mal!**

Todos respiraron aliviados. Aún recordaban la increíble aventura que vivieron la última vez que Tabernardo tuvo la idea de innovar en la cocina con ingredientes secretos.

Vegetta se disponía a rematar su sorbete de piña y coco cuando la mesa comenzó a temblar. No era la única, todas las mesas de la terraza temblaban sin cesar. Algunos vasos cayeron y se rompieron, esparciendo su contenido por el suelo. Los vecinos de Pueblo se asustaron ante lo que parecía un terremoto y comenzaron a gritar. Entonces vieron el resplandor en el cielo.

—¡ES UN METEORITO! —gritó Vakypandy—.

¡Y bien grande!

Sobre sus cabezas pasó un destello fugaz. Era una bola en llamas que viajaba a gran velocidad. Todos miraron alucinados cómo se perdía en algún punto a las afueras de Pueblo.

—**¡ES EL FIN!** —exclamó **PELUARDO**, sacudiendo la cabeza—. No podré hacer más cortes de pelo especiales, ni...

—Pero, ¿de qué estás hablando? —preguntó Willy.

—De nuestra extinción —explicó el peluquero—. Lo mismo les sucedió a los dinosaurios hace millones de años.

—**¡Sabes que eso no es verdad!** —gritó otro de los vecinos, que se había escondido debajo de la mesa por si acaso—. ¡Hace poco recibimos la visita de unos muy simpáticos! ¿Es que no te acuerdas?

Aun así, el miedo y la incertidumbre se apreciaban en los ojos de todos los presentes. Antes de que cundiese el pánico entre la gente, Vegetta decidió intervenir.

—**ESCUCHAD, AMIGOS** —dijo, al tiempo que se subía sobre una de las mesas para que le oyesen mejor—. No es el fin del mundo. Es un simple meteorito que habrá caído en algún punto del bosque. **Willy y yo iremos hasta allí con Vakypandy y Trotuman para descartar cualquier peligro.**

Algo más tranquilos, aunque siempre precavidos, los habitantes de Pueblo decidieron refugiarse en sus casas a la espera de nuevas noticias. Willy y Vegetta se pusieron en marcha de inmediato, seguidos por Vakypandy. Al ver que no habían terminado sus bebidas, Trotuman decidió apurarlas con su pajita. En cuanto acabó, corrió tras los pasos de sus amigos.

No fue demasiado complicado encontrar el lugar del impacto. Tal y como aventuró Vegetta, había ocurrido en el bosque, al oeste de la ciudad. El resplandor de las llamas se veía desde lejos.

—¿**Os imagináis que hubiese caído en Pueblo?** —preguntó Vakypandy, caminando tras Willy y Vegetta.

—Prefiero no imaginármelo —respondió Willy, sabiendo que aquello habría resultado toda una catástrofe.

Por suerte, el meteorito había caído en un claro y no había árboles dañados. Eso sí, vieron un enorme cráter en el suelo. El bosque había enmudecido y lo único que se escuchaba era el crepitar del fuego alrededor del gran agujero. De repente, a la luz de aquellas llamaradas Vegetta vio algo.

—**ALLÍ HAY ALGUIEN...** —susurró, señalando en la dirección indicada—. Está parado. ¿No lo veis?

Los demás observaron atentamente hasta que descubrieron la figura a la que se refería su amigo.

—No parece humano, ¿verdad? —preguntó Willy.

—No —reconoció Vegetta—. Pero lo que más me llama la atención es que está quieto como una estatua. Desde que lo estoy observando, no se ha movido ni un milímetro. ¿Qué os parece? ¿Creéis que puede ser peligroso?

Las preguntas quedaron en el aire sin respuesta. Willy y Vegetta estaban tan asombrados con el espectáculo que no se habían dado cuenta de que Trotuman y Vakypandy habían seguido avanzando. Ni cortas ni perezosas, las dos mascotas se habían acercado hasta el mismo borde del cráter. Justo al lugar en el que se encontraba la misteriosa estatua.

—¿ESTÁIS MAL DE LA CABEZA?

—preguntó Willy, que corrió hasta llegar a su lado.

—Es increíble, ¿no os parece? —dijo Vakypandy.

Ante ellos se encontraba una criatura ligeramente más alta que Willy y Vegetta. Sin lugar a dudas era de origen extraterrestre. Destacaban sus rasgos delicados y femeninos, su tono de piel rosado y la forma de su cabeza, alargada y curvada en la parte superior. Vestía una larga túnica de un tono parecido al color de su piel, que le llegaba a los tobillos. Y, a pesar de todo aquello, había un detalle que les resultaba todavía más sorprendente.

—¡ESTÁ DORMIDA! —exclamó Vegetta, pasándole la palma de la mano por delante de sus narices—. A pesar de la caída... ¡está dormida!

—A lo mejor se durmió al volante —aventuró Trotuman, asomado al cráter—. Ese podría haber sido el motivo del accidente.

Los amigos observaron con detenimiento el enorme agujero que se abría a sus espaldas. El fuego se iba consumiendo y apenas se apreciaban algunos restos de un vehículo espacial en el que, según parecía, había viajado aquella criatura. La atmósfera terrestre y el impacto lo habían dejado irreconocible.

—Así que nada de un meteorito... Estoy con Trotuman —afirmó Willy—. Por raro que parezca, podría haberse dormido pilotando la nave.

Vakypandy se colocó frente a la extraterrestre y, con voz solemne, dijo:

—Bienvenida al planeta Tierra, oh, criatura procedente del espacio.

Ella abrió los ojos, como si aquellas palabras hubiesen sido mágicas. Acto seguido, estiró los brazos y sacudió la cabeza.

—**¿Qué lugar es este?** —preguntó entre bostezos—. **¿Quiénes sois vosotros?**

—Estás en el planeta Tierra, cerca de Pueblo, la ciudad en la que vivimos —contestó Willy, e hizo una rápida presentación de todos.

—**Encantada de conoceros. Mi nombre es Gwendopitibanumimí, aunque me llaman MIMÍ** —dijo la extraterrestre—. Vengo del planeta **Mimisikú**.

—No había oído hablar de él en mi vida —reconoció Trotuman—. Tengo la impresión de que está algo lejos de aquí, ¿verdad?

—Así es. Estamos en otro sistema solar. A propósito, ¿dónde está mi nave?

Willy y Vegetta señalaron el agujero en el que se podía ver lo que quedaba de ella.

—**¡Por los anillos de Mimisikú!** —exclamó Mimí, llevándose las manos a la cabeza—.

SIN ELLA NUNCA PODRÉ REGRESAR A CASA.

—Bueno, si te sirve de consuelo, en Pueblo te recibiremos con los brazos abiertos —dijo Willy.

Mimí sacudió la cabeza.

—**No lo entendéis. MI PLANETA CORRE UN GRAVE PELIGRO.** Por eso mismo fui enviada a este lugar con la esperanza de encontrar algo que pueda ayudarnos.

—Ya veo —asintió Vegetta, viendo que aquello se ponía interesante—. ¿De qué problema se trata? ¿Y qué es lo que estáis buscando?

—Debo encontrar una tecnología llamada **cepillo y pasta de dientes** —explicó Mimí.

—Estás de broma, ¿no? —preguntó Vakypandy.

Mimí puso cara de espanto.

—Por favor, no me digas que me he equivocado de planeta...

—No, no. Si esa no es la cuestión —dijo entonces Trotuman—. Puedes estar segura de que aquí encontrarás toda la pasta y todos los cepillos de dientes que quieras. Lo que pasa es que no puedo creerme que hayas atravesado medio universo para buscar precisamente eso.

—Tengo entendido que sirve para luchar contra el azúcar...

Willy y Vegetta se miraron.

—Técnicamente, sí —reconoció el primero, rascándose la cabeza extrañado.

Mimí suspiró aliviada, aunque su alivio duró pocos segundos. Al instante recordó que, aunque consiguiese la pasta y el cepillo de dientes, nunca podría regresar a Mimisikú. Entonces cayó al suelo de rodillas, sollozando.

—Es inútil —dijo entre lágrimas—. Jamás podré regresar a mi planeta. No volveré a ver a mis amigos, ni a los unicornios, ni tampoco...

Las palabras de Mimí despertaron el interés de Vegetta, que no dudó en interrumpirla.

—Espera, espera… ¿Has dicho… «UNICORNIOS»?

—Sí.

—¿Te refieres a esas criaturas tan puras y hermosas con un cuerno en la frente?

—Claro —asintió Mimí—. Precisamente por eso se les llama «unicornios», PORQUE TIENEN UN CUERNO.

Trotuman y Vakypandy rieron a carcajadas al oír el comentario de la extraterrestre, pero Vegetta los ignoró por completo. Se había quedado pensativo.

—Willy, tenemos que ayudar a Mimí como sea —dijo al cabo de un rato.

—Sabes que siempre estoy dispuesto a embarcarme en una aventura contigo, amigo mío —contestó Willy—. Pero… ¿te has parado a pensar que hablamos de ir a un planeta muy, pero que muy lejano?

—Si hemos conseguido hacer viajes interdimensionales, no creo que esto sea mucho más complicado —replicó Vegetta, cada vez más decidido a viajar hasta el planeta Mimisikú.

—Si tú lo dices…

Mimí observó la conversación entre ambos con renovados ánimos.

—Entonces, ¿tenéis una nave con la que poder viajar al espacio? —preguntó Mimí, a punto de estallar de alegría.

—No exactamente —reconoció Vegetta—. Pero conocemos a una persona que puede facilitarnos una.

—¡ESO SERÍA GENIAL! —exclamó ella, aplaudiendo de alegría.

—En ese caso, creo que deberíamos hacer una visita a nuestro buen amigo Ray —propuso Vegetta—. Veamos qué clase de locuras trama en su laboratorio. Síguenos, Mimí.

Vegetta se disponía a encabezar la marcha, cuando Vakypandy llamó su atención.

—**¡Espera!** Me parece que no vamos a ninguna parte —dijo—. Aunque no te lo creas, nuestra amiga se ha vuelto a quedar dormida.

LA NAVE ESPACIAL

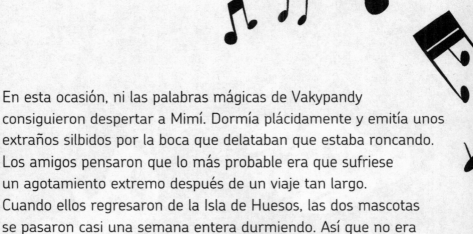

En esta ocasión, ni las palabras mágicas de Vakypandy consiguieron despertar a Mimí. Dormía plácidamente y emitía unos extraños silbidos por la boca que delataban que estaba roncando. Los amigos pensaron que lo más probable era que sufriese un agotamiento extremo después de un viaje tan largo. Cuando ellos regresaron de la Isla de Huesos, las dos mascotas se pasaron casi una semana entera durmiendo. Así que no era de extrañar que la extraterrestre estuviese cansada.

Willy sugirió hacerle un hueco en casa y dejarla descansar cómodamente. Como era tarde, decidieron que aquella era la mejor opción. A la mañana siguiente, después de un buen desayuno, visitarían a Ray para ver si les podía ayudar a conseguir una nave espacial. Así que, a duras penas, cargaron con el cuerpo de la extraterrestre hasta el hogar.

Amaneció y las horas pasaron, pero Mimí seguía dormida. No surtió efecto alguno el olor que desprendían el pan tostado, los huevos revueltos y el delicioso chocolate caliente que prepararon Willy y Vegetta para desayunar.

Tampoco consiguió despertarla Trotuman, que practicó sus dotes de DJ subiendo el volumen de la música a límites insoportables. De hecho, varios vecinos de Pueblo llamaron a la puerta para unirse a la fiesta, pensando que se celebraba algo.

Harta de tanto esperar, Vakypandy decidió usar su magia. Después de practicar unos sencillos ejercicios, optó por hacer juegos malabares con globos de agua sobre la cabeza de Mimí. En cuanto Willy y Vegetta se dieron cuenta, le hicieron apartar los globos de allí.

—**¡Buenos días!** —exclamó de pronto Mimí, dejando escapar un bostezo—. **¿OS HE DESPERTADO?**

Vakypandy, que había desplazado unos metros los globos de agua, se quedó con la mirada clavada en la extraterrestre. ¡No podía creer lo que escuchaba! ¡Mimí estaba preguntando si los había despertado! Aquello hizo que perdiese su concentración y...

¡PLAFF!
¡PLAFF!
¡PLAFF!

Media docena de globos de colores repletos de agua cayeron sobre las cabezas de Willy y Vegetta, empapándolos por completo.

—¿Es así como os ducháis en vuestro planeta?

—**MUY GRACIOSA...** —dijo Willy, mientras escurría su gorra verde.

Mimí se incorporó del sofá y se llevó las manos al estómago.

—Tengo bastante apetito. En nuestro planeta es costumbre comer algo después de dormir, para empezar el día con energía —comentó Mimí.

—Sí, aquí a eso lo llamamos **«desayunar»**... —explicó Vegetta, aún con el pelo mojado sobre su cara—. Y lo tomamos por la mañana. Ahora es mediodía y es la hora de comer.

Trotuman se acercó hasta Mimí e, ignorando a sus amigos, se interesó por la extraterrestre.

—¿Has podido descansar? Supongo que tendrías mucho *jet lag*...

—*¿Jet lag?* —preguntó extrañada Mimí—. No sé a qué te refieres...

—Digamos que es la acumulación de sueño debido al cambio de hora —explicó Vakypandy—. Tendrías mucho sueño debido al viaje y...

—Ah, no. No es por eso —dijo Mimí, soltando una risita—. **Es que sufro narcolepsia.**

—**¡TOMA YA!** —exclamaron Trotuman y Vakypandy al unísono—. **¿Eso es grave? ¿Es contagioso?**

Willy rio al ver cómo las mascotas se alejaban unos metros de Mimí por precaución.

—Quiere decir que puede dormirse en el momento más inesperado —aclaró este.

—Sí, más o menos es eso —asintió Mimí—. Tengo pensado visitar al médico tan pronto regrese a mi planeta, pero antes debo cumplir con mi misión.

—Haces bien en ir a un médico —dijo Willy—. No creo que la narcolepsia sea algo contagioso, aunque lo de peligroso está por ver.

—Sí. Sobre todo si estás pilotando una nave —añadió Vegetta.

Willy le dio un codazo a su amigo.

—Me parece que se ha vuelto a dormir...

—**¡DE ESO NADA!** —exclamó Mimí—. Solo estaba fingiendo. Es que me aburría un poco... Bien, estabais diciendo que era la hora de comer. **¿Qué tenemos de postre?**

—¿Te refieres a cuál es el menú para hoy? —preguntó Trotuman, que era el cocinitas de la casa.

—No, me refiero a qué hay de postre —se reafirmó Mimí—. Siempre me gusta empezar por el postre.

Los cuatro la miraron como si fuese un bicho raro. Desde pequeños les habían enseñado que primero debía comerse lo salado y después lo dulce. Pero Mimí no tardó en tumbar aquella opinión.

—¿Nunca os ha pasado que, tras comer demasiado, no os quedaba hueco para el postre? —preguntó Mimí. La respuesta de todos ellos fue afirmativa—. Pues como el postre es mi parte favorita de la comida, prefiero empezar por ahí. Así de claro.

Como Mimí era su invitada, ninguno quiso llevarle la contraria. Por eso, no tardaron en verse saboreando una deliciosa tarta de nata y chocolate, piezas de fruta, natillas y helados de diferentes sabores. A continuación, probaron un poco de macarrones con tomate, pero ya no pudieron con el filete con ensalada.

—Y después de comer, es un buen momento para usar **el cepillo y la pasta de dientes** —anunció Vakypandy, haciéndole una demostración a Mimí.

La extraterrestre quedó maravillada por la sencillez de una tecnología que permitía dejar los dientes blancos, eliminando los restos de comida y azúcar que quedaban pegados a ellos.

—¿Puedo quedármelos? —preguntó Mimí.

—**¡NI HABLAR!** —exclamó Vakypandy, poniendo cara de asco—. **MI CEPILLO SOLO LO USO YO...**

Willy y Vegetta rieron.

—Tranquila, Mimí —dijo el primero, abriendo un cajón y sacando una cajita alargada—. Aquí tienes uno nuevo para ti, con su tubito de pasta.

—**¡GRACIAS!**

Ese cepillo serviría de prototipo para fabricar muchos otros, si es que algún día lograba volver a casa, pensó Mimí; no parecía un objeto muy complicado de imitar. Y respecto a la pasta de dientes, un rápido vistazo a sus componentes dejó tranquila a la extraterrestre, pues comprobó aliviada que en su planeta de origen había de todo para elaborarla. Con estos dos elementos en su poder, **Mimí concluía su misión en la Tierra. Únicamente le quedaba por resolver el problema de cómo regresar a Mimisikú.**

—Como te decíamos anoche, deberíamos hacer una visita a nuestro amigo Ray —dijo Willy—. Él es la persona indicada para solucionar la cuestión de tu regreso.

Willy y Vegetta no quisieron perder ni un segundo. Sabían que en cualquier momento Mimí podía dormirse por el camino y no estaban dispuestos a cargar con ella en brazos de nuevo. Por eso, trataron de atravesar Pueblo con paso rápido. Aunque no fue fácil, pues cuantos se encontraban en el camino se detenían a saludarlos. ¡No todos los días recibían la visita de un extraterrestre!

—Llévate como obsequio esta pequeña escultura de pan —le ofreció Pantricia a su paso—. Seguro que en tu planeta no tenéis nada igual.

—Es una pena que estos mimisícolas no tengan pelo —se lamentó Peluardo—. Nunca podría hacerles un corte original.

Pasaron delante de la Gran Biblioteca y vieron a Lecturicia, que había aprovechado para regar las flores que crecían a la entrada. También saludaron a Dora, la maestra de la escuela, a quien le hubiese gustado contar con Mimí para dar una charla a sus alumnos sobre los viajes espaciales.

Finalmente consiguieron salir de Pueblo. Era media tarde cuando llegaron al laboratorio de Ray. Lo encontraron en el bosque, probando lo que parecía un nuevo invento. O, para ser más exactos, los encontró él. El científico iba montado en un patinete volador de color rosa, deslizándose a gran velocidad y sin control alguno.

—¡CUIDADO! ¡CUIDADO! ¡APARTAOS!

Al verle venir, los amigos se hicieron rápidamente a un lado. Ray perdió el control de su máquina y acabó estampado en la base de un tronco. El patinete avanzó unos metros más, hasta detenerse por su cuenta junto a unos arbustos.

—**¡ERES UN GENIO!** ¡Has diseñado el patinete volador de la película *Regreso al futuro*! —exclamó Trotuman—. **¡YO QUIERO UNO!**

—**¡Y YO! ¡Y YO!** —dijo Vakypandy.

Ray se levantó, hinchado como un globo, y con las gafas colgándole de una oreja. Aún estaba un tanto aturdido por el golpe. Había cambiado su habitual bata de laboratorio por un traje aerodinámico con *airbag* incluido que, visto lo visto, funcionaba a la perfección. Por lo demás, su melena de león seguía tan despeinada como siempre.

—**¿Qué os trae por aquí, amigos míos?** —preguntó, mientras hacía que su traje recuperase su aspecto normal.

—Te presentamos a Mimí, nuestra nueva amiga procedente del planeta Mimisikú.

Le explicaron brevemente su accidentado aterrizaje la noche anterior y la dificultad, aparentemente sin remedio, para regresar a su planeta. Su nave había quedado destrozada y era imposible de reparar.

—**¡ESTÁIS DE SUERTE!** —exclamó Ray para sorpresa de todos—. No me miréis así. Digo que estáis de suerte porque precisamente hace un par de días he terminado de diseñar una nave espacial.

—**¿En serio?** —preguntó Vegetta sin creérselo del todo—. ¡Eso sería fantástico!

Ray asintió.

—La he hecho gracias a mi nueva impresora 3D. Si queréis, os la enseño.

—**¡Sí, por favor!** —exclamó Mimí, esperanzada por la posibilidad de regresar pronto a Mimisikú.

El científico pidió que le acompañaran. Se adentraron en su laboratorio, que estaba tan desordenado y caótico como siempre. Entonces, Ray se acercó al lugar en el que tenía la nave y exclamó con tono teatral:

—¡TACHÁN!
   ¡AQUÍ LA TENÉIS!

Era una nave con un diseño precioso, de color blanco y con bandas azules en los laterales. Tenía forma circular y achatada, pero al mismo tiempo era aerodinámica. Contaba con un motor en cada uno de los lados posteriores, así como un amplio cristal en la parte frontal. Daba la impresión de poder volar a gran velocidad. Todos se quedaron sin palabras al verla. Fue Vegetta quien, después de unos cuantos intentos, logró articular un par de palabras seguidas.

—Pero... Pero... ¡ES UNA NAVE DE JUGUETE!

¡Ahí no cabe ni la uña del dedo gordo de un pie!

La nave apenas medía un palmo de longitud. Trotuman tuvo la tentación de cogerla y lanzarla como un avioncito de papel para ver si efectivamente volaba. Al darse cuenta de sus intenciones, Ray le quitó la idea de la cabeza de inmediato.

—¡Ni se te ocurra tocarla! —gritó—.

¡NO ES UN JUGUETE!

—No es por nada, Ray, pero esperábamos algo un poco más... grande —apuntó Willy.

—¿Y dónde la habría guardado? —protestó el científico, moviendo los brazos airadamente—. El tamaño no es ningún problema.

Sin decir nada más, Ray tomó con delicadeza la nave en sus manos y cogió una extraña pistola de una de las estanterías del laboratorio. Regresaron al exterior y, en un lugar apartado y despejado, colocó la diminuta nave en el suelo. Después, el científico se ajustó sus gafas y, sin pensarlo dos veces, disparó un rayo verde con su misteriosa pistola. En el tiempo que dura un pestañeo, Willy y Vegetta se encontraron ante una nave espacial. Una nave de verdad.

—**¿Qué me decís ahora?** —gruñó Ray.

—QUE ERES EL MEJOR —respondieron

Willy y Vegetta, dando un fuerte abrazo a su amigo.

—Tiene capacidad para ocho personas y está equipada para poder hacer un largo viaje —anunció Ray, abriendo la compuerta de acceso—. Y, por si fuera poco, está lista para despegar. Solo faltaba un piloto experimentado y, si no me equivoco, creo que ya lo tenéis.

Vakypandy llamó la atención del grupo.

—¿Acaso estáis pensando en partir ya mismo?

—¡**POR SUPUESTO!** —aseguró Vegetta.

—Pero, **¿y nuestro equipaje?** —preguntó entonces Trotuman.

—Ya habéis oído a Ray. La nave está bien equipada —replicó Vegetta.

—Pero no sabemos si en Mimisikú hace frío, calor... —insistió la mascota de Willy.

—No os preocupéis —dijo Mimí—. El clima es muy similar al de aquí, salvo por un pequeño detalle.

—¿VEIS?
¡NO SE HABLE MÁS!

A pesar de las protestas de las mascotas, Vegetta estaba decidido a partir. Desde el momento en el que Mimí le había dicho que en su planeta había unicornios, no pensaba en otra cosa que en ir hasta allí.

Y mientras los amigos hablaban y se despedían de Ray,
dos pequeñas criaturas se metieron en la nave. Eran de aspecto
alargado y con ojos saltones. Uno de ellos tenía bigote y llevaba el
característico sombrero tirolés en la cabeza.

Ni Willy, ni Vegetta ni ninguno de los presentes se dio cuenta
de que dos gusanos guasones se habían colado en la nave.
Y con ellos a bordo, pusieron rumbo al lejano planeta de Mimisikú.

ATERRIZAJE

Aunque Willy y Vegetta habían hecho un viaje interdimensional, jamás habían visitado el espacio. Después de despegar, vieron cómo Pueblo empequeñecía hasta convertirse en un minúsculo punto en nuestro planeta. Casi sin darse cuenta, abandonaron la atmósfera y pronto se encontraron rodeados de oscuridad.

Mimí tomó los mandos de la nave, pero no tardó en activar el piloto automático por si volvía a dormirse. Menos mal que fue previsora, porque a los pocos minutos sus párpados se entrecerraron y la cabeza se le venció a un lado. Sus ronquidos ya inundaban la nave cuando pasaron junto a la Luna.

Willy y Vegetta murmuraron preocupados que Mimí debía visitar un médico urgentemente. Por increíble que pareciese, la nave alcanzó enseguida la velocidad de la luz dejando atrás las llanuras rojas de Marte, el gigantesco Júpiter, Saturno y sus anillos... Y Mimí seguía dormida.

Vakypandy y Trotuman iban vestidos con unos trajes espaciales que habían encontrado en un compartimento. Una vez enfundados en ellos, parecían dos gruesos muñecos de plástico que rebotaban contra las paredes de la nave por la ausencia de gravedad. Aprovecharon para entretenerse mientras flotaban, dando volteretas y haciendo todo tipo de cabriolas. Y fue precisamente en uno de esos saltos cuando Trotuman cayó sobre el panel de control. Activó sin querer una palanca y pulsó varios botones. Al instante, sonó una alarma que estuvo a punto de dejarlos sordos a todos, menos a Mimí. Cinco minutos después, cuando el dolor de cabeza era ya insoportable, ella se despertó como si tal cosa.

—**¿Qué es eso que suena?** ¿Es el timbre del microondas? ¿Qué hay para desayunar? —dijo, desperezándose. Pero no tardó en recordar que estaba pilotando la nave y, al ver el panel de control, frunció el ceño—.

¿QUÉ HABÉIS TOCADO?

Las dos mascotas pusieron cara de no haber roto un plato.

—**Solo estábamos jugando** —dijo Vakypandy.

—Bueno, puede que yo haya tocado algún botoncito —reconoció Trotuman, mirando hacia otro lado—. Pero era muy pequeño. No creo que sea para tanto.

La nave avanzaba por el espacio sin control alguno, dando bandazos aquí y allá. Con tanto vaivén, Vegetta se estaba mareando un poco.

—¡HABÉIS DESACTIVADO EL PILOTO AUTOMÁTICO!

—exclamó Mimí—

¡Y TAMBIÉN HABÉIS BORRADO LA CONFIGURACIÓN DEL DESTINO!

—Pero se podrá volver a introducir, ¿no? —preguntó Willy.

—¡NO FUNCIONA! ¡Vete a saber qué habréis tocado!

Mientras tanto, seguían avanzando a gran velocidad. Enseguida Mimí recuperó hábilmente el control y se disponía a introducir nuevamente los datos de destino en el ordenador de la nave cuando Vakypandy preguntó:

—¿Qué son esas bolitas que vienen hacia nosotros? Parecen palomitas de maíz...

—¿A qué bolitas te refieres? —preguntó Mimí, alzando la vista. Abrió los ojos como platos al ver lo que se les venía encima—.

¡UN CINTURÓN DE ASTEROIDES!
¡Agarraos bien, que esto se va a mover bastante!

Con gran destreza, Mimí sorteó uno, dos y hasta tres pedruscos del tamaño de un edificio. Pero a pesar de sus esfuerzos, no pudo evitar algún pequeño impacto contra el casco de la nave. Esta giraba dando más vueltas que el tambor de una lavadora y los cuatro amigos se vieron sacudidos a un lado y a otro.

—¿No vamos un poco rápido? —preguntó Vakypandy, sujeta a una barra de metal como si le fuese la vida en ello.

—**¡QUÉ VA!** ¡Esto es divertidísimo!

—gritaba Trotuman—.

¡Es como una montaña rusa en un parque de atracciones!

La cara de Vegetta se había vuelto de un tono verdoso. Afortunadamente, Mimí consiguió dejar atrás el cinturón de asteroides y la nave recuperó la estabilidad.

—**Qué poco ha faltado** —suspiró la extraterrestre.

Con el piloto automático activado de nuevo, el viaje transcurrió con normalidad. Al cabo de un par de horas, estuvieron lo bastante cerca de Mimisikú como para verlo con claridad. Willy y Vegetta se acercaron a los ventanucos laterales de la nave.

Visto desde el espacio recordaba a Saturno. Era un planeta de gran tamaño rodeado por unos impresionantes anillos multicolor que bien podían haber sido un arcoíris.

—**¡OH, NO!** —exclamó Mimí—. **Me temo que hemos llegado demasiado tarde...**

—¿Por qué dices eso? —preguntó Vegetta, temiendo por la vida de los unicornios—. A mí me parece un planeta precioso...

Mimí redujo la velocidad de la nave, acercándola a los anillos de colores. Al contemplarlos de cerca, apreciaron numerosas manchas grises y grandes agujeros, como si los hubiese devorado un ratón gigante.

—**Los anillos debían ser lisos y coloridos** —dijo Mimí, sacudiendo la cabeza.

Visiblemente preocupada, la extraterrestre inició el descenso hacia su planeta. Estaba nerviosa y le temblaba el pulso. ¿O acaso era la nave la que temblaba? ¿Y si un asteroide había causado algún tipo de avería en algún motor? Ajena a todo aquello, Mimí se concentró en lo que tenía delante, un planeta que parecía hacerse más grande a cada segundo que pasaba.

—Mirad esas nubes —dijo Trotuman, señalando el lugar al que se dirigía la nave—. Son rosas y esponjosas. **¡Parecen algodón de azúcar!** Si pudiese, sacaría la cabeza por la ventana y les daría un mordisco.

Para sorpresa de todos, las nubes se pegaron a la nave cuando las atravesaron. Todos los cristales de las ventanas quedaron cubiertos de aquella masa de algodón pegajoso, impidiéndoles la visión.

—Creo que ahora sería un buen momento para que sacaras tu cabecita y te comieses eso —dijo Vakypandy, guiñándole un ojo.

—Chicos, no es momento para bromas —advirtió Mimí—. **Estoy pilotando manualmente...**

¡Y NO VEO NADA!

—¡NOS VAMOS A ESTRELLAR!

—exclamaron Trotuman y Vakypandy al unísono.

Willy miraba a un lado y a otro, tratando de buscar una solución.

—Seguro que Ray ha previsto una situación como esta... —murmuró. La nave seguía su descenso, y entonces lo encontró—.

¡AQUÍ ESTÁ!

En la esquina superior derecha del panel de control había un botón rojo que ponía **«Usar en caso de emergencia»**. Sin duda, aquel era un buen momento para pulsarlo y lo hizo sin pensárselo dos veces.

Al instante, la nave frenó en seco y sintieron como si una mano gigante tirase de ellos con todas sus fuerzas hacia arriba. De hecho, el tirón fue tan brusco que Vegetta y Vakypandy terminaron estampados contra el techo.

—La próxima vez avisa antes de tocar nada —dijo Vegetta, que se había llevado un buen coscorrón.

Tras activar el botón de emergencia, Mimí dejó de controlar la nave. La velocidad de descenso se redujo de forma automática y sintieron que empezaban a moverse como un péndulo.

—Cualquiera diría que estamos en un barco en medio de una tormenta —dijo Vakypandy.

—No —se apresuró a contestar Mimí—. No es ningún barco. Vuestro amigo Ray ha instalado unos paracaídas en la parte superior. Además de ingenioso, nos ha salvado la vida...

Al cabo de un rato, aterrizaron con suavidad; cuando la nave se detuvo completamente, suspirando aliviados, los amigos salieron al exterior.

A pesar de todo lo sucedido, Trotuman tenía una idea fija en su mente y, nada más bajar por las escalerillas, se fue directo a por un trozo de aquella sustancia rosada que se había pegado a la nave. Después de olerla, quiso probarla.

—¡No me lo puedo creer! —exclamó, introduciéndose en la boca un nuevo puñado—. ¡Es como el algodón de azúcar de las ferias! ¡El más rico que he tomado nunca!

—**Lo que no te vas a creer es lo que nos rodea** —dijo Vakypandy.

Jamás podían haber imaginado el paisaje que se encontrarían. Habían ido a parar a lo alto de una colina. A lo lejos se divisaba una gran ciudad con altos edificios de estilo moderno. Pequeños coches voladores revoloteaban a su alrededor como moscas en el aire.

—Aquello es Mimicity —explicó Mimí—. Es la ciudad más importante de nuestro planeta.

Mimí les explicó que en Mimisikú el territorio no estaba dividido en países. ¿Qué sentido habría tenido, cuando todos eran mimisícolas? Aquello habría generado diferencias, hasta convertirse en una fuente de disputas. La mimisícola era una civilización feliz y pacífica, que trabajaba para que el planeta estuviese limpio. De esta manera, los unicornios vivían tranquilos y su magia llenaba su pequeño sistema solar de luz y color.

—**Desgraciadamente, todo eso está cambiando** —dijo Mimí, señalando a su alrededor.

Willy y Vegetta comprobaron que los árboles que los rodeaban eran de vivos colores, pero, curiosamente, de sus ramas colgaban bastones de caramelo en vez de frutas. Un pequeño riachuelo de chocolate descendía por la ladera, precipitándose en una preciosa cascada que bañaba todas las plantas y rocas que bordeaban su curso. Todo cuanto alcanzaban a ver se encontraba cubierto de chucherías y caramelos. Y no solo el suelo, el cielo también estaba cargado de nubes de algodón de azúcar.

—Amenaza tormenta de gominolas en cualquier instante —apuntó divertido Trotuman—. **¡Esto es el paraíso!**

Mimí contempló apenada el panorama.

—Es un desastre —afirmó—. Como os decía, hasta no hace mucho tiempo nuestro planeta era rico en vegetación. Había grandes bosques, ríos y lagos, pero ahora... el azúcar lo envuelve todo. Por eso fui en busca del cepillo y la pasta de dientes.

—Siento decirte que necesitarías millones de cepillos de dientes y de tubos de pasta para limpiar todo esto —aseguró Willy—. ¿Sabes qué o quién ha provocado esta situación?

—Eso es lo peor de todo. No tenemos la menor idea —reconoció Mimí.

—Pues es lo primero que deberíamos averiguar —dijo Willy—. Aunque, antes que nada, tu salud es lo más importante. Te acompañaremos al médico para que cure tus problemas de somnolencia. Después, averiguaremos de dónde sale todo el azúcar que está cubriendo Mimisikú.

—Muy bien. **En ese caso, pongámonos en marcha** —propuso Mimí—. Mimicity está a poco más de una hora de aquí.

Llevaban unos metros recorridos, cuando Trotuman preguntó:

—¿Y no podían haber enviado un comité de bienvenida? Ya sabéis, somos seres procedentes de otro planeta y todo eso...

—Seguramente lo habrían hecho, pero me temo que el azúcar está haciendo que fallen nuestros sistemas de comunicación.

—Ya veo. Así que nos tocará caminar, ¿no?

Willy carraspeó.

—Trotuman, deja de quejarte y disfruta del paisaje. Además, acabamos de aterrizar tras un viaje de millones de kilómetros. No nos viene mal estirar un poco las piernas.

La mascota siguió las indicaciones de Willy y disfrutó del paisaje, saboreando algunas de las chucherías que iba encontrando por el camino.

UNA CIUDAD
DE LOCOS

Tal y como había prometido Mimí, una hora después se alzaban frente a ellos los primeros edificios de Mimicity. Eran largos y espigados como agujas. Parecía que quisiesen pinchar el cielo con sus terminaciones puntiagudas. Tiempo atrás, sus fachadas eran relucientes como espejos, pero ahora estaban manchadas de polvo de azúcar y otros restos pegajosos.

—Como veis, Mimicity también se está viendo afectada por la invasión de azúcar —comentó Mimí—. ¡Pronto el planeta entero morirá!

—Eso no va a suceder —aseguró Vegetta, tratando de consolarla—. Nosotros nos encargaremos de ello. Pero para que puedas ayudarnos es importante que vayas al médico.

Durante el trayecto que habían recorrido desde que aterrizaron, la mimisícola había luchado por mantenerse despierta, pero le había resultado imposible. De modo que, a ratos había tenido que caminar con el ojo derecho abierto y a ratos con el izquierdo.

—Está bien, está bien —asintió Mimí, conteniendo un bostezo—. Llegaremos antes si tomamos la avenida principal.

Justo en aquel instante, un coche volador pasó a gran velocidad a pocos centímetros de sus cabezas. El gorro de Willy salió despedido y el pelo de Vegetta terminó peinado con un gracioso tupé.

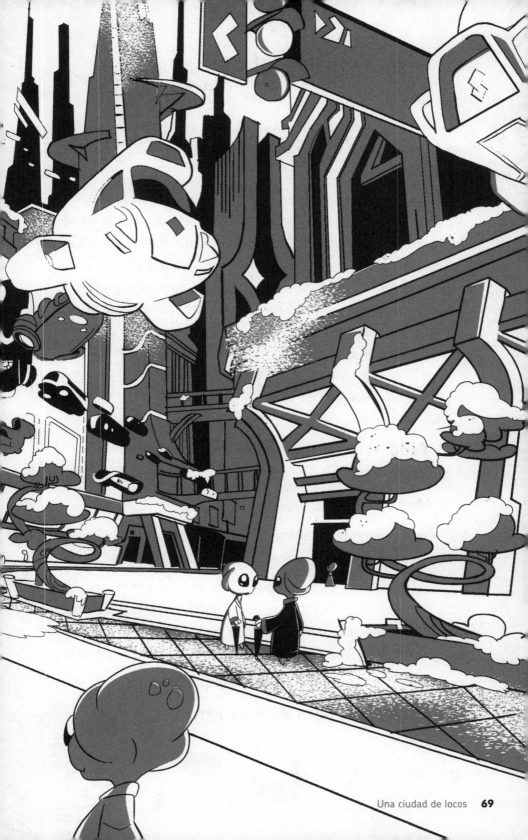

— **¡QUÉ BARBARIDAD!** —exclamó Vakypandy—. Ese ha ganado el carnet de conducir en una tómbola.

—Pero seguro que con un conductor así tardaríamos un par de segundos en llegar al médico, ¿no te parece? —dijo Trotuman, guiñándole un ojo.

Como los coches volaban, los peatones podían caminar libremente por las calles de la ciudad. Siguieron los pasos de Mimí por la gran avenida observando con curiosidad todo cuanto les rodeaba. En los escaparates de las tiendas había artilugios que no habían visto en su vida y que, por supuesto, no sabían para qué servían. Cuando pasaban delante de restaurantes o pastelerías, percibían olores desconocidos pero agradables y se les abría el apetito. A pesar de todas las cosas increíbles que había a su alrededor, Vakypandy alzaba la vista cada dos por tres, temiendo que uno de aquellos coches se les cayese encima. Pero nada de eso sucedió.

—**Todo esto es maravilloso** —murmuró Willy—. ¿No te parece, Vegetta?

—**Maravilloso...** —repitió su amigo.

—No se respira contaminación alguna, la ciudad está limpia, salvo por el azúcar, hay muchos árboles y plantas en las calles...

—Estoy contigo, Willy, pero a mí me resultan más increíbles sus habitantes —dijo Vegetta—. ¿Te has fijado en aquel individuo? ¡Ha dado más de diez vueltas seguidas alrededor de aquella farola! Y hay mucha gente con paraguas, cuando el cielo está despejado.

—Tal vez es por si les cae algo de azúcar.

—**Puede ser, pero es muy raro...**

Apenas había terminado de hablar Vegetta cuando salió despedido un jarrón desde una ventana de un segundo piso. Willy se disponía a alertar a los mimisícolas que había abajo, pero de repente estos abrieron sus paraguas y el jarrón rebotó y cayó al suelo, haciéndose añicos.

—AHÍ TIENES LA RESPUESTA

—dijo entonces Willy.

—Esto es una ciudad de locos —apuntó Vakypandy, al ver a otro mimisícola dando un salto cada tres pasos, como si se hubiese tragado una rana.

Al pasar frente a una tienda de regalos y *souvenirs*, un personaje elegantemente vestido y con un sombrero de copa se detuvo ante ellos.

—**¡Hola, Mimí!**

—**¡REMÍ!** **¡Qué alegría verte!**

—Pensaba que aún estabas en el espacio —dijo Remí.

Mimí le explicó que hacía menos de dos horas que habían aterrizado en Mimisikú, y aprovechó para presentarle a sus nuevos amigos. Al parecer, Remí era un viejo colega de Mimí.

—**¡Turistas extranjeros!**

—En realidad son algo más que turistas —le corrigió Mimí—. Han tenido la amabilidad de venir hasta aquí para ayudarnos.

—**Eso sería fantástico** —dijo Remí—. Supongo que Mimí os habrá explicado la situación que vive nuestro planeta.

Remí se disponía a hacerles un pequeño resumen, cuando un mimisícola se acercó y explotó una bolsa de papel a sus espaldas, dándoles un susto morrocotudo. A Vegetta casi se le paró el corazón.

—¿Es normal que la gente se comporte de una manera tan... curiosa? —preguntó Vakypandy.

—Oh, debéis disculparnos —dijo Remí—. Todo se debe a la falta de Pastel de las Emociones.

—¿En serio? **¿SE HA AGOTADO?** —preguntó Mimí, bajo la atenta mirada de Willy y Vegetta.

—Me temo que sí —confirmó Remí—. Al parecer lleva un tiempo sin distribuirse y se han terminado las existencias.

Mimí y Remí siguieron hablando sin que Willy y Vegetta entendiesen nada de lo que decían. ¿Qué tenía que ver que se hubiese dejado de fabricar un pastel con el extraño comportamiento de los mimisícolas? En cualquier caso, no era algo que les preocupase especialmente. Ellos habían venido a ayudar a Mimí a resolver el problema del azúcar y, para ello, era importante que la mimisícola pasase primero por el médico.

—Veo que sigues teniendo problemas con el sueño —dijo Remí al cabo de un rato, cuando vio que Mimí se estaba quedando dormida.

—Sí... —contestó Willy—. De hecho, íbamos al médico para que le echase un vistazo.

—**¿De veras?** Si queréis, puedo acercaros al hospital en mi coche —ofreció Remí—. Pero antes tendría que comprar un regalo.

—**¡Eso sería estupendo!** —agradeció Vegetta—. Es muy amable por tu parte.

—Oh, no es ninguna molestia —respondió, restándole importancia a su ofrecimiento—. Por Mimí haría cualquier cosa. Podéis esperarme aquí o, si lo preferís, podéis entrar en la tienda. A lo mejor dentro encontráis algo que llevaros de recuerdo a vuestro planeta.

—¡ES UNA GRAN IDEA! —aplaudió Willy.

Siguieron los pasos de Remí y entraron en la tienda. Mimí, que a duras penas podía permanecer despierta, se tambaleaba a cada paso que daba.

El tintineo de unas campanillas
al empujar la puerta les transportó
a un mundo aún más sorprendente,
lleno de luces y colores.
Había estanterías repletas
de peluches de aspecto simpático,
también encontraron tazas
con distintos motivos
del espacio, pins
de naves espaciales...

—**¡MIRADME, CHICOS!** —llamó Vegetta—. **¿Qué tal me quedan?**

Se había puesto unas gafas enormes de color rosa con unas letras en la parte superior que, según les tradujo Remí, felicitaban el año. Willy no tardó en probarse una camiseta graciosa que decía «Yo estuve en Mimisikú». Trotuman y Vakypandy se encapricharon de sendos cascos con los anillos de colores que rodeaban el planeta. Y al rato querían unos llaveros interestelares, y unos bolígrafos láser, y unas postales de cien usos, y...

—**¡NO PODÉIS LLEVAROS LA TIENDA ENTERA!** —protestaron Willy y Vegetta.

—Para una vez que venimos al espacio... —respondió Vakypandy.

—Coged un recuerdo —concedió Willy—. Lo que más os guste.

—Además, recordad que tenemos una misión que cumplir, y cargar con todo este peso nos complicaría las cosas.

Al ver el rostro de decepción de las mascotas, Remí decidió intervenir.

—No os preocupéis. Yo os regalo algunas cosas más. Además, la tienda ofrece un servicio de entrega a domicilio.

—**¿EN SERIO? ¿NOS LO LLEVARÍAN A PUEBLO?**

—Me temo que eso sería mucho pedir —dijo Remí—. Pero creo que os lo servirían sin problemas en vuestra nave.

—**¡ESO SERÍA GENIAL!**

Al final, Trotuman y Vakypandy se salieron con la suya
y llenaron dos bolsas de recuerdos que, por supuesto,
serían entregados en la nave. Encantados con las compras,
abandonaron la tienda para llevar a Mimí al médico.
La mimisícola no había podido aguantar más y se había
quedado dormida sobre una montaña de peluches.

Remí tenía su vehículo aparcado en la esquina. Ninguno de ellos se había montado nunca en un coche volador. Por dentro era espacioso y muy cómodo. Cabían todos sin problemas.

—Bien, vayamos al Hospital Central de Mimicity —dijo Remí.

El coche despegó de una manera silenciosa y pronto se encontraron sobrevolando la ciudad. Al rato vieron cómo otro utilitario hacía una pirueta mareante. Fue entonces cuando recordaron la extraña manera de comportarse de los mimisícolas y se preguntaron si estarían a salvo en aquel vehículo.

Un coche rojo se colocó a su lado en un semáforo. Al ver que los miraba el conductor, Vakypandy y Trotuman decidieron saludarle. Sus gestos debieron de ser malinterpretados por el mimisícola, que se dirigió a Remí con tono desafiante.

—¡DEBERÍA DARTE VERGÜENZA! —exclamó el conductor—. ¡Conducir un carromato con monos de feria!

—¡EH! ¿A QUIÉN LLAMAS MONOS DE FERIA?

—protestó Trotuman.

Remí no se molestó en contestar y pisó el acelerador a fondo. Por un momento, Willy y Vegetta se vieron a bordo de la nave. Dejaban atrás edificios y vehículos a gran velocidad. Al que no dejaban atrás era al conductor del coche rojo, que los seguía muy de cerca.

—¡ESE TÍO VIENE A POR NOSOTROS! ¡ESTÁ LOCO!

—Me parece que Remí también ha enloquecido —le susurró Willy al oído.

Efectivamente, Remí estaba fuera de sí. Hacía maniobras disparatadas y unos mareantes giros que habrían puesto los pelos de punta a cualquier persona. A cualquiera, menos a Mimí, que seguía dormida, acurrucada en el asiento.

Remí miró por el espejo retrovisor y se enfureció al ver que no había logrado despistar a su perseguidor. Dio un giro brusco a la derecha, entre dos calles estrechas, y todos se quedaron blancos al ver lo que tenían enfrente. Una inmensa montaña de azúcar de colores les impedía el paso.

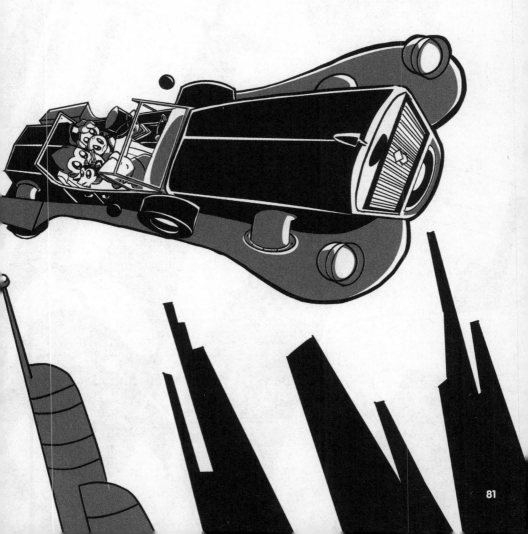

Willy y Vegetta abrieron los ojos como platos al ver que Remí no frenaba a tiempo.

—¡NOS VAMOS A ESTRELLAR!

El grito de los amigos fue lo último que se escuchó
antes de que el coche terminase empotrado y recubierto de azúcar.

JACINTO
DEL MONTE PERDIDO

El coche se había clavado en la montaña de azúcar como una flecha en una diana. Vegetta sacudió la cabeza y miró a sus compañeros.

—¿Estáis todos bien?

Uno a uno fueron contestando afirmativamente. Por suerte, el azúcar había amortiguado el golpe. Mimí bostezó y abrió los ojos.

—¿Hemos llegado ya al hospital?

—De milagro no hemos terminado todos en él —gruñó Vakypandy.

—No sabéis cuánto lo siento —se disculpó Remí—. No sé qué me ha pasado.

—Será por el Pastel de las Emociones ese del que hablabas antes —dijo Trotuman, abriendo la puerta del coche.

La mascota saltó sobre el fino polvo de azúcar y, como el esquiador más experimentado, se deslizó hasta el suelo firme. Los demás siguieron sus pasos.

El coche había quedado inutilizado y, como era lógico, a ninguno le apetecía volver a montar en un vehículo volador conducido por un mimisícola. Mientras trataban de orientarse para llegar a pie al hospital, Vakypandy se agachó para olfatear el azúcar que había a sus pies y su reacción no se hizo esperar.

—¡Achús! ¡Achús!

Sus estornudos levantaron una buena polvareda. De inmediato, todos sintieron un escozor en la nariz y comenzaron a estornudar sin parar. No era azúcar, sino... ¡polvos pica-pica!

Cuando la nube de polvos pica-pica se disipó, Remí les indicó con los ojos llorosos y enrojecidos la dirección que debían seguir. Él se despidió, pues debía avisar a una grúa voladora para que le ayudase a sacar su coche de allí.

Estaban a punto de ponerse en marcha cuando vieron a tres mimisícolas corriendo. Iban vestidos como exploradores, con sus sombreros y sus mochilas, y sus rostros mostraban bastante preocupación.

—Parece que tienen problemas —dijo Mimí.

—En ese caso, vayamos a ver qué les sucede —propuso Vegetta.

Los amigos se acercaron y Mimí presentó a Willy y Vegetta a la patrulla recién llegada. Todos ellos tenían nombres impronunciables, por lo que decidieron ponerles apodos. Así, llamaron a uno **TACHUELA** porque era muy bajito, **CANICA** a otro de aspecto redondito y **RISITAS** al tercero porque sonreía constantemente.

—Acabamos de llegar del planeta Tierra —les explicó Mimí—. Willy y Vegetta son dos grandes aventureros allí y han venido dispuestos a ayudarnos.

—**¡MEGACÓSMICO!** —exclamó Canica—. Precisamente necesitamos ayuda para llevar a cabo una operación de salvamento. Últimamente tenemos varias al día.

—Eso suena interesante —comentó Willy, uniéndose a la conversación—. **¿En qué consiste esa operación de la que hablas?**

Tachuela explicó que, durante su ronda matutina, había encontrado un unicornio atrapado en gelatinas movedizas de limón y naranja.

—El problema es que está en una zona de muy difícil acceso.

—No sabemos qué hacer —dijo Risitas sin borrar la sonrisa de su rostro.

—**PERO DEBEMOS ACTUAR RÁPIDO, O ESE UNICORNIO MORIRÁ** —advirtió Canica—. **Y eso sería una tragedia MEGACÓSMICA.**

Mimí fue la primera en anteponer la vida de un unicornio a su visita al médico. Llevaba toda la vida sufriendo narcolepsia y no le pasaría nada por echarse unas cuantas siestas de más.

—**Bien, no hay más que hablar** —dijo Vegetta, apremiando a sus amigos—. **¡OS SEGUIMOS!**

Alejarse de las calles, los altos edificios y las carreras locas de coches voladores devolvió al grupo a la cruda realidad. Tan pronto se asomaron a las afueras de Mimicity, el paisaje cambió completamente y volvieron a encontrarse con la invasión de caramelos y golosinas.

Por el camino, los exploradores aprovecharon para contarles cómo llevaban a cabo su labor.

—Ayer, sin ir más lejos, rescatamos a una bandada de picolargos de pluma amarilla que habían quedado atrapados en unas telarañas de algodón de azúcar —explicó Tachuela—. ¡Nos llevó varias horas retirar los restos pegajosos de sus alas!

—**¡Pobres criaturas!** —se compadeció Willy, que ya se imaginaba a unas pequeñas e indefensas aves de color amarillo, luchando por salvar sus vidas sin éxito.

—En realidad, la peor parte se la llevó Risitas —corrigió Tachuela, señalando las manos de su amigo. Este sonrió al mostrar que estaban completamente vendadas—. En cuanto te descuidas, los picolargos de pluma amarilla te dan unos buenos picotazos.

Llegaron al borde de lo que parecía un barranco de escasa profundidad en cuyo fondo se divisaba una pequeña ciénaga. Tal y como habían advertido los mimisícolas, la superficie que se abría ante ellos era de tonos amarillos y naranjas, y temblaba como un flan. Un unicornio intentaba mantenerse a flote en aquellas gelatinas movedizas.

Willy y Vegetta comprobaron que el desnivel sería de unos tres metros.

—Probablemente el unicornio se despistó mientras caminaba y cayó —aventuró Canica.

—Y esa gelatina no ha hecho más que empeorar las cosas —dijo Willy.

—¿Tenéis pensado cómo vamos a sacarlo de ahí? —preguntó Vegetta, que no soportaba ver al unicornio sufriendo.

Tachuela negó con la cabeza.

—Somos muy pocos para hacer una cadena.

—Lo más sencillo sería que alguien fuese hasta el unicornio y le atase una cuerda al cuello —propuso Risitas—. Así podríamos tirar de él con fuerza.

—¡SERÁS BESTIA! —exclamó indignado Vegetta—. ¡PODRÍAS AHOGARLO! ¡O ARRANCARLE LA CABEZA!

—Bueno, solo era una sugerencia...

—¡TE MERECES ESOS PICOTAZOS QUE TE LLEVASTE!

—Vegetta, cálmate —dijo Willy—. No lo ha dicho con mala intención.

Estaban tratando de idear un plan, cuando oyeron un sonoro chapoteo, seguido de unos extraños gruñidos. Mientras ellos hablaban, Trotuman y Vakypandy habían entrado en acción.

—¡ESTÁN LOCOS! —exclamaron Tachuela y Canica. A Risitas se le había borrado la sonrisa de la cara—. ¡SIN UNA CUERDA QUE LOS SUJETE, CORRERÁN LA MISMA SUERTE QUE EL UNICORNIO!

—**Yo no estaría tan seguro** —comentó Willy—. Te sorprendería ver de qué son capaces esos dos.

Ante la atónita mirada de los mimisícolas, las dos mascotas se habían tirado de cabeza a la gelatina. Trotuman no lo pensó dos veces y comenzó a devorarla. Vakypandy imitaba a su amigo, dando bocados a un lado y a otro sin parar. No cabía duda de que el largo viaje espacial y la loca carrera en el coche volador les habían abierto el apetito.

Al cabo de un rato, el unicornio hizo pie y pudo salir de allí. Tras sacudirse unos cuantos restos de gelatina de naranja que tenía pegados al lomo, dijo:

—Soy **JACINTO DEL MONTE PERDIDO,** **para serviros.**

Después de aquel atracón, Trotuman y Vakypandy casi no se podían tener en pie, pero se mostraron satisfechos. Habían logrado el rescate del unicornio en tiempo récord.

—**Es precioso...** —dijo Vegetta a sus espaldas.

Vegetta solo tenía ojos para el unicornio. Era grande, aunque no tanto como un caballo. El cuerno de su frente brillaba como si fuese de oro puro.

—**Nunca olvidaré lo que habéis hecho por mí** —aseguró Jacinto—. No habría sido capaz de hincarle el diente a esa cosa viscosa. Me daban escalofríos solo de pensarlo.

—**¿Bromeas?** —preguntó Vakypandy—. **¡Estaba deliciosa!**

—Lo siento, pero no soporto la gelatina, me dan arcadas de pensarlo —se disculpó Jacinto—. Donde estén mis buenas zanahorias... Pero desgraciadamente la invasión de azúcar ha llegado al Valle de los Unicornios, lo está cubriendo todo y la comida comienza a escasear.

Vegetta no podía creer lo que estaba escuchando.

—¿De verdad existe un valle repleto de unicornios? —preguntó—. **¿Podemos visitarlo?**

A Jacinto del Monte Perdido le pareció una buena idea y se ofreció para acompañarlos hasta el lugar donde vivía. No tardaron demasiado tiempo en llegar. Desde un alto contemplaron lo que tendría que haber sido un hermoso valle, lleno de pastos, árboles frutales, plantaciones de zanahorias y lechugas, ríos de agua fresca... Sin embargo, todo aquello había desaparecido bajo espesos mantos de azúcar y dulces de todo tipo.

—Los unicornios tenemos hambre y, como consecuencia de ello, cada día estamos más tristes —explicó Jacinto.

Mimí sacudió la cabeza ante la tragedia.

—**La magia de los unicornios es la responsable de que nuestro mundo luzca colorido y lleno de vida** —les recordó—. **Pero si ellos están tristes, su magia se apaga y el planeta empieza a perder su color...**

Y A MORIR.

Willy y Vegetta escucharon atentamente aquellas palabras. Si lo que decía Mimí era cierto, y parecía que lo era, la situación era grave. Tenían que hacer algo, pero, ¿el qué?

—YO SÉ DE DÓNDE VIENE TODO EL AZÚCAR

—dijo de pronto Jacinto—. Lo descubrí en mi viaje al exterior del valle.

MIKUSINO, S.A.

Las palabras de Jacinto despertaron el interés del grupo. Willy y
Vegetta le preguntaron si sería capaz de guiarlos hasta aquel lugar
y el unicornio respondió afirmativamente. Al oír aquello, Canica,
Risitas y Tachuela se mostraron esperanzados. Ellos se encargarían
de comunicar aquellas novedades a los altos cargos de Mimicity.
Mientras se despedían de ellos y les deseaban suerte, Mimí decidió
acompañar a Willy y Vegetta. Sin tiempo que perder, se pusieron
en marcha.

Por el camino, el unicornio les contó que, harto de ver
cómo el azúcar estaba acabando con todas las cosechas de
verduras y hortalizas del valle, había decidido investigar la causa
de todo aquello. Solo tuvo que seguir el rastro de las chucherías y
golosinas, hasta dar con el lugar de donde salían.

Vakypandy no tardó en trabar buena amistad con Jacinto.
Al fin y al cabo, era como un primo mayor. El unicornio se mostró
sorprendido al saber que la mascota de Vegetta también hacía
magia.

Por su parte, Trotuman estaba fascinado con todo cuanto le rodeaba. ¡Era el mundo soñado por cualquier niño! Había caramelos hasta debajo de las piedras y nadie podía impedirle comer todo cuanto quisiera.

El camino por el que iban estaba pegajoso y cada vez resultaba más complicado avanzar. De pronto, se toparon con una montaña de pequeñas bolas de colores que les impedía el paso.

—Tal vez debamos dar un rodeo —sugirió Willy, esperando la aprobación de los demás—. Si movemos las bolas de la parte inferior, podríamos causar un desprendimiento.

Jacinto asintió.

—No creo que haya problemas —dijo—. El lugar al que nos dirigimos está muy cerca de aquí. Si la memoria no me falla, prácticamente tras la montaña.

Trotuman no estaba dispuesto a dejar sin probar una sola chuchería. Ignorando las advertencias de los demás, se llevó un par de bolas a la boca y comenzó a masticar.

—**Te vas a empachar** —le advirtió Willy.

—No pasa nada. **¡SON CHICLES!** —exclamó la mascota, al tiempo que se introducía un puñado enorme en la boca—. **¡Siempre he soñado con hacer un globo gigante!**

—No sé si recordarás lo que le pasó al Rey Guerrero por glotón...

Trotuman no le hizo ni caso. Entonces, se puso a soplar, a soplar y a soplar, y un enorme globo de color rosa empezó a hincharse. La mascota pensaba que estallaría en cualquier momento y, divertido, siguió soplando. Vakypandy no tardó en imitar a su amigo. Al cabo de un rato, ambos competían por ver quién hacía el globo más grande. Al ver lo bien que lo estaban pasado, Jacinto se unió a ellos.

La sorpresa llegó cuando una ligera brisa comenzó a soplar y arrastró los globos, haciendo que sus pies despegasen del suelo. Los tres intentaron gritar, pero no pudieron porque tenían las bocas llenas de chicle. Cuando se quisieron dar cuenta, estaban sobrevolando la montaña de bolas de colores.

—¡SOIS INCORREGIBLES! —protestó Willy.

Si no hacían algo pronto, quién sabe en qué disparatado lugar podrían terminar los tres amigos. Entonces, Vegetta tuvo una idea. Se acercó a un árbol cercano y cogió una rama en forma de uve. Después, se introdujo en la boca dos bolas de chiche.

—Pero bueno, no me digas que tú también vas a...

Vegetta no perdió tiempo en contestar a Willy. Sacó el chicle mascado de su boca y, estirándolo, lo anudó a los dos extremos de la rama. ¡Acababa de fabricarse un tirachinas casero!

Tomó tres bolas de chicle, apuntó y...

¡ZAS! ¡ZAS! ¡ZAS!

Sus disparos acertaron de lleno en los globos. La explosión fue tan fuerte que debió de oírse en medio planeta. Trotuman, Vakypandy y Jacinto cayeron de inmediato por la ladera opuesta de la montaña de bolas.

Willy, Vegetta y Mimí se apresuraron a dar un rodeo. Llegaron casi sin aliento y allí encontraron a sus amigos recubiertos de una capa de chicle pegajoso, a la que se había adherido un montón de bolas de colores.

—**PARECÉIS ÁRBOLES DE NAVIDAD** —dijo entonces Vegetta, a quien se le saltaban las lágrimas de la risa.

—**SOLO OS FALTAN UNAS LUCECITAS DE COLORES** —añadió Willy, riendo a todo pulmón.

—**MUY GRACIOSOS** —gruñó Trotuman.

—Ya te lo advertí —dijo Willy, que no podía parar de reír al contemplar la graciosa escena.

Mientras tanto, Mimí se había desplazado unos pasos. También le había resultado gracioso ver a los amigos así, pero algo había llamado poderosamente su atención.

—CHICOS, MIRAD.

A pocos pasos de allí se alzaba una estructura grande como un coloso. Aunque aparentemente tenía la forma de una carpa de circo, su planta era cuadrada y sus paredes, de materiales resistentes. Una gran torre espigada se alzaba a cada lado. Y cuatro chimeneas destacaban en la parte superior. De ellas salían despedidas cada cinco minutos grandes cantidades de chucherías.

—Son como cañones —señaló Jacinto—. Según sopla el viento van en una u otra dirección. Y así, poco a poco, se va infectando nuestro planeta.

—Pero, ¿QUÉ ES ESTE LUGAR? —preguntó Vegetta.

Un arco daba la bienvenida al recinto. En su parte superior se podía leer un conglomerado de letras indescifrables.

—**Es la fábrica de caramelos MIKUSINO, S.A.** —aclaró Mimí, pellizcándose el labio.

—**No puedo creer que una simple fábrica esté causando tantos destrozos en un planeta** —comentó Willy.

—Es que estas instalaciones son completamente nuevas. Antes no era así —explicó Mimí, observando la escena con curiosidad—. Mikusino, S.A. siempre ha sido una empresa conocida en Mimisikú. De hecho, ellos son los que producen el famoso Pastel de las Emociones, ese dulce típico en nuestro planeta del que ya habéis oído hablar. Pero no tenía ni idea de que hubiesen hecho obras en la fábrica. Esto podría explicarlo todo…

—Precisamente hemos venido para averiguarlo —dijo Vegetta—. **¿Qué os parece si entramos y echamos un vistazo?**

En aquella zona había más caramelos acumulados que en ningún otro sitio. Se abrieron paso entre algodones de azúcar que amenazaban con atraparlos como telarañas y masas de chicle en las que podían quedar pegados para toda la eternidad. No sin cierto esfuerzo, alcanzaron la entrada de la fábrica.

Abrieron las puertas de cristal con un simple empujón y accedieron a un amplio recibidor. El centro lo ocupaba una enorme gominola de color verde con la figura de un unicornio. Las paredes habían sido decoradas con los dibujos de miles de golosinas que se habían fabricado allí a lo largo de su historia. Un fuerte olor dulzón invadía aquel espacio desierto.

—**¿Hola?** —saludó Willy—. **¿HAY ALGUIEN AQUÍ?**

Tan solo el eco de su voz le devolvió el saludo. A lo lejos se oía el ruido de las máquinas en funcionamiento, produciendo caramelos sin parar.

—Venimos a hacer un pedido —dijo de pronto Trotuman—. ¡Uno bien grande!

Willy estaba a punto de protestar cuando oyeron algo a lo lejos.

—Parece un gemido —susurró Jacinto, moviendo sus orejas puntiagudas como si fuesen dos antenas.

—¡¡¡SOCORRO!!!

Todos se miraron. Aquello no había sido un gemido. Claramente, alguien pedía ayuda.

Del recibidor salían tres pasillos. El grito de auxilio había venido del de la derecha. El grupo se apresuró a correr en aquella dirección. Dejaron atrás un par de puertas con forma de tabletas de chocolate gigantes, cerradas a cal y canto, y la tercera la encontraron abierta. Para su sorpresa, el vano de la puerta lo cubrían unos gruesos barrotes de colores. Trotuman no lo dudó y les hincó el diente. Lo hizo con tantas ansias que estuvo a punto de quedarse sin dentadura.

—¡QUÉ BARBARIDAD! —exclamó,

llevándose las manos a la boca—. Esos barrotes de caramelo están duros como piedras.

—Que esto sea una fábrica de caramelos no significa que todo lo que haya dentro sea comestible —dijo el individuo que se encontraba tras aquellos barrotes—. A propósito, ¿tú quién eres?

Mimí decidió tomar la palabra. Se adelantó unos pasos y presentó a sus amigos, explicándole que habían venido de un lejano planeta para ayudarlos.

—Yo soy **GONZALO EL GOLOSO**, inventor de caramelos, descendiente de inventores de caramelos y propietario de esta fábrica —respondió el prisionero.

Era un mimisícola bastante gordo y corpulento. Willy y Vegetta supusieron que habría logrado semejante tamaño a base de probar nuevas golosinas.

—No es por nada, pero tienes un despacho un poco cutre para ser el dueño de todo esto —comentó Vakypandy—. No tiene silla ni ventanas...

—**¡Es que esto no es mi despacho!**

—Ah, pensé que...

—Estoy prisionero, por si no te has dado cuenta.

—**¿Estás prisionero en tu propia fábrica?** —preguntó Vegetta—. Perdona, pero, **¿cómo es eso posible?**

El mimisícola les explicó que llevaba un tiempo desarrollando una tecnología única en el universo. Esta le permitiría producir grandes cantidades de caramelos que podrían ser distribuidos por los distintos sistemas solares del universo.

—**Eso son muchos caramelos** —dedujo Trotuman, que ya estaba preguntándose cuándo llegarían a Pueblo.

—Ya lo creo —reconoció Gonzalo el Goloso—. Además, mi novedoso sistema de producción está dirigido por un potente ordenador central.

—**Pues no parece que ese cacharro funcione muy bien que digamos** —dijo Jacinto al tiempo que sacudía la cola—. Más bien funciona como un desordenador, porque lo está poniendo todo perdido.

—Ese es precisamente el problema —contestó—. No tengo el control del ordenador y, por eso, estoy aquí encerrado.

—**¿Quieres decir que alguien te secuestró y después se hizo con los mandos de la fábrica?** —preguntó Willy.

—Más bien fue al contrario. Primero tomaron el control del ordenador y después me encerraron.

—Ya veo —asintió Willy—. ¿Tienes idea de quién ha podido hacerlo?

El mimisícola negó con la cabeza.

—¿Podría ser obra de algún enemigo? —insistió Vegetta—. ¿Tal vez algún competidor directo?

—¡MIS CARAMELOS NO TIENEN COMPETENCIA EN EL UNIVERSO!

—En ese caso, supongo que eso te hará tener muchos enemigos... —dedujo Willy.

Gonzalo el Goloso se encogió de hombros.

—Sea quien sea, sin duda debe de odiarme —dijo al cabo de un rato—. También se llevó a mi mascota...

—¿Qué clase de mascota es? —preguntó intrigado Willy.

—Mi fiel **SIKÚ.** Un gatito blanco precioso... —explicó—. Todos sus antepasados han sido mascotas de mis antepasados. Así, generación tras generación. **No lo he vuelto a ver desde el día en que me encerraron aquí.**

¡ES UNA TRAGEDIA!

Vegetta estudió de cerca los barrotes.

—¿De qué están hechos? —preguntó, acariciándolos con cuidado—. No parecen precisamente de acero...

—Son de azúcar **ULTRARRESISTENTE** —informó Gonzalo—. Es tan duro como el diamante. Se trata de una de mis mejores invenciones.

—Sí. Y supongo que ahora estarás muy orgulloso de no poder salir de ahí gracias a tu invento —murmuró Jacinto.

Willy ignoró el comentario del unicornio y siguió haciendo más preguntas.

—Por lo que nos has dicho, no viste a tu secuestrador...

—¡LO HIZO A TRAVÉS DE LA MÁQUINA!

—exclamó el mimisícola—. Con el ordenador puede hacer cualquier cosa que quiera en la fábrica. De hecho, es muy posible que a estas alturas haya detectado vuestra presencia aquí.

—Si lo hubiese hecho, digo yo que ya habría tomado medidas, ¿no crees?

La deducción de Vakypandy hizo dudar al mimisícola.

—Puede ser... En cualquier caso, no creo que tarde en aparecer por aquí. Es la hora de la comida.

—**¿Has dicho comida?** —preguntó Trotuman—. Después de todo, parece que te tratan bien.

—No estés tan seguro —respondió el prisionero—. Me traen a probar todas las novedades que producen. **¡Hay cosas asquerosas!** Llevo casi dos meses así. Por eso estoy tan gordo...

Willy y Vegetta asintieron. Aquello lo explicaba todo.

—Tengo la impresión de que tenemos que actuar con urgencia —dijo Willy.

—Yo también lo creo así, amigo.

Sin embargo, antes de que pudiesen mover un dedo, una voz resonó en la megafonía:

117

LA VIEJA FÁBRICA

Ninguno discutió la orden. Ni siquiera Trotuman, que aún tenía restos de chicle pegados al cuerpo. Habían visto suficiente azúcar por el camino como para comprender que aquella amenaza era real.

—¿Con quién estamos hablando? —preguntó Vegetta, dirigiéndose a uno de los altavoces que había en el pasillo.

—CON EL QUE ESTÁ AL MANDO

—respondió la voz a pleno pulmón—. Es todo cuanto necesitáis saber por el momento. **Vosotros sois los extraños aquí.**

—Solo hemos venido a ayudar y tengo entendido que Gonzalo el Goloso es quien debería estar al mando... —dijo Willy, señalando al mimisícola prisionero.

—Eso era antes de ser destituido. **Las cosas han cambiado...**

—A PEOR —añadió Jacinto, impidiendo que terminara
la frase—. **Tu gestión está siendo desastrosa para nuestro planeta.**

Por un instante, Willy y Vegetta temieron que litros y litros de leche condensada saliesen por algún conducto y lo invadiesen todo. Afortunadamente, no sucedió.

—¿Qué quieres decir con eso?

—Muy sencillo —contestó Mimí—. Si sigues por este camino, inundando todo de dulce, el planeta dejará de existir dentro de muy poco tiempo. **Eso significa que tanto tú como la fábrica también DESAPARECERÉIS.**

—¡MENTÍS!

—exclamó la voz, haciendo que retumbasen sus tímpanos—. **Estáis intentando engañarme.**

—Si crees que mentimos es porque no has salido al exterior últimamente —insistió Jacinto—. El Valle de los Unicornios pronto dejará de existir, se convertirá en un páramo sepultado por azúcar, y, cuando eso suceda, nuestra magia se apagará definitivamente.

ESO SERÁ EL FIN DE MIMISIKÚ.

El silencio que invadió el lugar fue interrumpido por el Goloso:

—Vaya, vaya... Parece que no soy el único que opina que los caramelos que fabricas son un desastre.

—Pues a mí me gustaban... —murmuró Trotuman.

—Tú tampoco haces las cosas mucho mejor, Gonzalo —replicó la voz, dejando entrever cierto rencor—.

ERES UNA DESHONRA PARA TUS ANTEPASADOS.

Willy, Vegetta y los demás se quedaron mirando fijamente al prisionero.

—¿Qué quiere decir? —preguntó Vegetta.

El mimisícola suspiró.

—Como ya os he dicho, soy descendiente de inventores y fabricantes de caramelos —recordó.

—Sí, y el único en veinte generaciones incapaz de hacer correctamente el Pastel de las Emociones —afirmó la voz.

Gonzalo asintió, al tiempo que agachaba la cabeza, avergonzado.

—Es posible que hayáis oído hablar de él —explicó, al tiempo que Willy y Vegetta asentían—. Es un pastel maravilloso que despierta una emoción con cada bocado.

—Pero no es solo eso —dijo la misteriosa voz—. Es algo único. Es cierto que la magia de los unicornios resulta fundamental para el buen funcionamiento de Mimisikú, pero también lo es el Pastel de las Emociones.

—¿Por qué? —preguntaron Willy y Vegetta.

—Son tantas las generaciones que lo han comido que hace tiempo que se convirtió en una tradición entre los mimisícolas —explicó la misteriosa voz—. Por así decirlo, es el dulce tradicional de Mimisikú. Pero no es un dulce cualquiera. Como bien ha dicho Gonzalo el Goloso, despierta una emoción con cada bocado. Por eso mismo, sirve para controlar el estado de ánimo de todos los mimisícolas. A los que están tristes, les ayuda un bocado de alegría. Los que están demasiado contentos necesitan un bocado de miedo para ser precavidos en la vida...

Y ASÍ CON TODAS LAS EMOCIONES.

—Entiendo —dijo Willy, que empezaba a comprender la importancia de ese pastel. Aquello explicaba el extraño comportamiento de la gente en Mimicity.

—Y Gonzalo nunca lo ha hecho bien —prosiguió la voz—. Por eso mismo, no merece seguir dirigiendo esta fábrica. Eso sí, **todo podría cambiar si me demuestra que es capaz de preparar correctamente el Pastel de las Emociones.** En ese caso, le devolvería el control de la fábrica. Pero su receta es tremendamente complicada.

Willy y Vegetta sonrieron. Ahí tenían la solución al problema.

—ES IMPOSIBLE —reconoció Gonzalo el Goloso resignado—. **La receta es muy compleja.**

—Razón de más para que te echemos una manita —dijo Vegetta.

—Además, **nos encanta la cocina** —confesó Willy.

La respuesta a través de los altavoces no se hizo esperar.

—¡NO SE HABLE MÁS! Tenéis veinticuatro horas para preparar el Pastel de las Emociones. **Si lo conseguís, prometo que Gonzalo el Goloso recuperará el control de la fábrica.**

—¡VEINTICUATRO HORAS —repitió el prisionero, dejando entrever la angustia en su mirada—. **¡Es muy poco tiempo!**

—Pues sería una lástima...

—¿Y qué pasa si no lo conseguimos? —preguntó Vakypandy.

—OS CONVERTIRÉ EN GOMINOLAS.

Fueron las últimas palabras que salieron de los altavoces. Para entonces, Mimí cabeceaba nuevamente, tratando a duras penas de mantenerse despierta. Un pequeño chasquido dio a entender que se había cortado la comunicación. Y justo después, un pitido agudo hizo que los barrotes que mantenían prisionero al pobre pastelero estallasen en mil pedazos como si fuesen de cristal.

—NO SABÉIS DÓNDE OS HABÉIS METIDO

—se lamentó.

—Deja de quejarte y pongámonos manos a la obra —dijo Trotuman—. Me encantan las chucherías, no que me conviertan en una de ellas.

El Goloso comenzó por contarles todo cuanto sabía de la receta del Pastel de las Emociones, que era más bien poco. Solo lo había visto elaborar en una ocasión, cuando era joven.

—Si tienes la receta, todo es cuestión de seguir los pasos —dijo Vegetta.

—ESE ES EL PROBLEMA, QUE NO LA TENGO

—confesó Gonzalo—. No he podido encontrarla. Por eso, todas mis pruebas fueron basándose en lo que recordaba de aquella vez que vi cómo lo hacían.

—Por lo que dices, has buscado la receta... —dijo Vegetta—. ¿Dónde lo has hecho? ¿En tu despacho?

—No, no —negó—. En mi despacho la habría encontrado sin problemas. La busqué en la vieja fábrica.

Willy y Vegetta le preguntaron por aquel lugar y él consideró que lo más conveniente sería ir a visitarlo. El mimisícola pasó primero por su despacho, de donde cogió una enorme llave dorada. Después, les guio a través de varios pasillos, descendieron por un ascensor hasta las profundidades y llegaron a un lugar oscuro en el que había una gruesa puerta de madera. Gonzalo introdujo la llave en la cerradura y la puerta se abrió con un sonoro chirrido.

El mimisícola activó un viejo generador y una tímida luz iluminó la estancia. Era casi tan solemne como la Gran Biblioteca de Pueblo, pero mucho más amplia. Había numerosas mesas de madera repartidas por todo el lugar, recipientes para mezclas, batidoras antiguas... Las paredes estaban repletas de estanterías con tarros de cristal para ingredientes, también había archivadores, libros... En uno de los frontales estaban enmarcados los retratos de todos los propietarios de la fábrica... menos el suyo.

—Esta es la fábrica original —explicó apesadumbrado, invitándoles a pasar—. Aquí se producían todos los caramelos y dulces hasta que yo me hice cargo del negocio.

—¿Por qué decidiste no seguir con la tradición? —preguntó Willy.

—Como no era capaz de fabricar el Pastel de las Emociones, opté por dar un giro a la empresa y convertirme en el mayor fabricante de caramelos del universo —dijo, como si aquello fuese sencillo—. Por eso desarrollé una tecnología que me permitiese llevar a cabo mi objetivo. Eso implicaba romper con el pasado y trabajar en unas instalaciones modernas.

—¿Y dices que estuviste buscando la famosa receta en este lugar? —preguntó Vegetta.

Gonzalo el Goloso asintió.

—Pero no encontré nada de nada.

—Será mejor que hagamos una búsqueda organizada —sugirió Vegetta—. Tal vez pasases algo por alto.

SI ESTÁ AQUÍ,
LA ENCONTRAREMOS.

Al cabo de un rato cada uno ocupaba una mesa, mientras Vakypandy y Jacinto eran los encargados de llevarles los libros y archivadores. Su magia les permitía alcanzar los estantes más altos y devolver a su sitio, sin mayores problemas, todo cuanto cogían.

Una hora más tarde, Trotuman decidió que aquella tarea era muy aburrida y comenzó a husmear un poco por su cuenta. Se subió a una escalera y observó de cerca los retratos de los antepasados del pastelero.

—**Son feos con ganas** —murmuró.

Los cuadros tenían mucho polvo acumulado. Trotuman pensó que al tatarabuelo de Gonzalo le sentaría bien un bigote y decidió trazarlo en el polvo que cubría la pintura. Su osadía le jugó una mala pasada. Apenas había empezado a dibujar el bigote, cuando la mascota sintió un picor bajo su nariz y estornudó con todas sus fuerzas. Vakypandy no pudo emplear su magia a tiempo y Trotuman se tambaleó. Intentó agarrarse a algo, pero su esfuerzo fue inútil y cayó. El retrato se desprendió de la pared y le dio en la cabeza. El marco se partió por la mitad, dejando a la vista una hoja de papel.

Mientras Trotuman se recuperaba del golpe, todos se quedaron atónitos mirando el papel que sobresalía.

—¡LA HAS ENCONTRADO!

—exclamó Gonzalo el Goloso, extrayendo el papel de un tirón—. **¡Has encontrado la receta del Pastel de las Emociones!** Pero...

¡OH, NO ME LO PUEDO CREER!

—**¿Qué sucede?** —preguntaron Willy y Vegetta.

¡LA RECETA ESTÁ INCOMPLETA! ¡FALTA EL ÚLTIMO INGREDIENTE!

—**Estoy bien**... Gracias —dijo Trotuman, poniéndose en pie.

Hasta ese momento no se habían dado cuenta, pero, efectivamente, faltaba la parte inferior de la hoja, que había sido recortada. Buscaron el trozo que no estaba entre los cuadros restantes, pero no hubo suerte.

—**Nunca lograremos preparar el pastel correctamente** —se lamentó el pastelero.

—No debemos perder la esperanza —dijo Wiily—. ¿Qué os parece si estudiamos atentamente la receta? Tal vez eso refresque la memoria de Gonzalo y recuerde el último paso...

Los amigos leyeron en voz alta la lista de ingredientes:

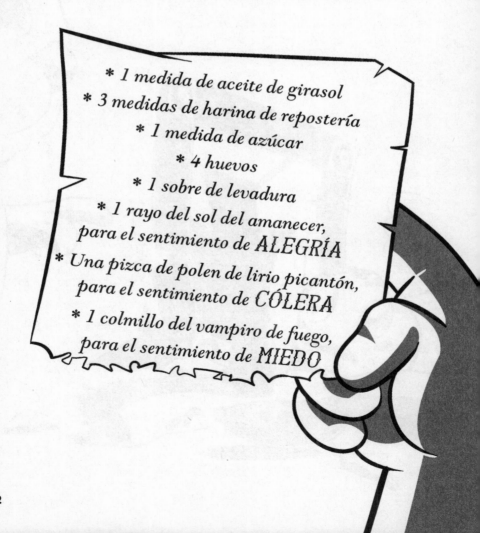

* 1 medida de aceite de girasol
* 3 medidas de harina de repostería
* 1 medida de azúcar
* 4 huevos
* 1 sobre de levadura
* 1 rayo del sol del amanecer, para el sentimiento de ALEGRÍA
* Una pizca de polen de lirio picantón, para el sentimiento de CÓLERA
* 1 colmillo del vampiro de fuego, para el sentimiento de MIEDO

—Los primeros ingredientes me parecen fáciles de conseguir. Son los típicos en un bizcocho —dijo Vegetta—. Pero, qué decir de los tres últimos. **¿Cómo vamos a hacernos con un rayo de sol del amanecer?**

—**Te olvidas del colmillo del vampiro de fuego...** —añadió Vakypandy, que ya se imaginaba la terrible escena.

—**AQUÍ SE TERMINA TODO** —suspiró el Goloso, tirando la toalla—. Faltaría el ingrediente que se emplea para el sentimiento de tristeza. Sin él será imposible hacer el pastel.

—**No hay que desanimarse tan pronto** —dijo Willy, dando una palmada sobre la espalda del mimisícola—. Intenta hacer memoria de aquella vez en la que viste cómo se hacía el pastel.

Gonzalo sacudió la cabeza.

—Era muy pequeño —contestó—. Apenas recuerdo los frascos donde guardaban los ingredientes.

—No importa —insistió Willy—. Tenemos casi un día entero por delante. Por el momento, deberíamos centrarnos en conseguir los ingredientes que ya conocemos, **¿NO OS PARECE?**

La sugerencia pareció animar a Mimí, que se despertaba una vez más, tras haber permanecido dormida en un rincón de la sala durante el tiempo que había durado la búsqueda. Después, todos se pusieron en marcha.

EL PASTEL
DE LAS EMOCIONES

Animado por el optimismo de Willy y Vegetta, Gonzalo el Goloso introdujo en una mochila algo de comida, un par de cantimploras y los instrumentos que necesitarían para recolectar los ingredientes mágicos. Para hacerse con los demás, no tendrían más que acceder a los almacenes de la fábrica.

—Está atardeciendo, así que es el momento ideal para ir a buscar el polen de lirio picantón —indicó.

Todos estuvieron de acuerdo y el mimisícola los guio hasta un lugar próximo a la fábrica donde había un inmenso invernadero. Torció el gesto al comprobar que los techos de cristal estaban cubiertos de polvo de azúcar y otros dulces. Mimí tenía razón al afirmar que, si las cosas seguían así, todo pintaba muy mal para la fábrica... y para el planeta.

—Cultivamos muchas plantas que luego nos valen para poder crear distintos tipos de dulce —les explicó, mientras recorrían los pasillos repletos de las plantas más extrañas y coloridas que Willy y Vegetta habían visto nunca.

—Pues no le veo la gracia al hecho de poner picante a un caramelo —dijo Trotuman, refiriéndose al polen que habían ido a buscar.

—Todo debe usarse en su justa medida —aclaró Gonzalo—. Seguro que has probado los polvos pica-pica —la mascota asintió. ¡Claro que los había probado! Todavía le escocía la nariz—... Pues llevan una pizca de polen de lirio pic...

Gonzalo el Goloso se paró en seco y todos los demás con él. A pocos metros de ellos, impidiéndoles el paso, aguardaba media docena de gatitos ninjas vestidos de negro con un cinturón rojo atado a la frente.

Otros tantos aparecieron de pronto a sus espaldas, cortándoles una posible huida. Sus miradas eran amenazantes.

—¿Alguno de estos es tu mascota? —preguntó Vakypandy.

—No. Sikú no haría daño a nadie. Es tan bueno... —reconoció—. Habrán sido enviados por el que controla el ordenador central para que no podamos hacernos con los ingredientes.

—**Bien, parece que QUIEREN GUERRA** —dijo Trotuman, adoptando su postura de combate—. Pues si la buscan, la tendrán. Vamos, Vakypandy,

LA MITAD PARA TI Y EL RESTO PARA MÍ.

Las mascotas se lanzaron a la lucha. Los gatitos también iniciaron el ataque y cargaron sin piedad sobre sus oponentes. Unos rápidos movimientos de los ninjas bastaron para reducir a los dos amigos, que terminaron hechos un ocho.

—**¡Eh, a mi amiga no la toca nadie!** —amenazó Jacinto, preparándose para pelear.

—Me parece que vamos a tener que intervenir —dijo Vegetta, que no estaba dispuesto a ver cómo le ponían un ojo morado al unicornio—. Mimí, ¿nos ayudas? **¿Mimí?**

Mimí no oía nada porque se había vuelto a quedar dormida, recostada sobre las grandes hojas de una planta.

—Nos las tendremos que apañar sin ella —dijo Willy, encogiéndose de hombros.

Con Vakypandy y Trotuman un tanto mareados, todos se enzarzaron en una pelea. Aunque Jacinto evitó utilizar su magia para no malgastarla, pronto descubrieron que el unicornio pegaba unas buenas coces. Cada vez que se le ponía un gatito a tiro, le daba con todas sus fuerzas y lo mandaba a la otra punta del invernadero.

—¡BIEN HECHO, JACINTO! —exclamó Vegetta cuando derrotaron al último de todos—. Seguro que alguno ha terminado colgado de uno de los anillos de Mimisikú.

—Y lo mejor de todo es que ya tenemos el polen de lirio picantón —anunció de pronto el pastelero, apareciendo tras las hojas de la planta en la que aún dormía Mimí.

Había aprovechado el barullo de la pelea para ir en busca del ingrediente mágico y traía un tarro dorado en sus manos. En su interior había suficiente para preparar por lo menos un centenar de pasteles.

—¡BIEN HECHO! —dijo Willy—. Pero esta pelea nos ha hecho perder un tiempo precioso...

—¿Una pelea? ¿Dónde? —preguntó Mimí, estirando los brazos.

—En realidad, no hemos perdido tanto tiempo —aseguró Gonzalo el Goloso, guardando el tarro en su mochila—. Está anocheciendo y, como ya os habréis imaginado, los vampiros de fuego solo salen por la noche.

—Eso mismo me temía yo —dijo Vakypandy—. Por cierto, ¿cómo pretendéis capturar un vampiro de esos? No veo que hayáis traído ni un miserable cazamariposas...

—¿Cazamariposas? —preguntó Mimí—. ¿Qué es eso? ¿Otra tecnología especial de vuestro planeta? ¿Para qué sirve?

Mientras Vakypandy se dedicaba a explicarle a Mimí cómo funcionaba un cazamariposas, Gonzalo repartió unos bocadillos entre todos. Eso les serviría para reponer fuerzas y así matarían el tiempo hasta que llegase la hora de salir de caza. A Jacinto tuvo el detalle de darle un par de jugosas zanahorias que el unicornio devoró en un abrir y cerrar de ojos.

—Por cierto, no debéis tener miedo. Los vampiros de fuego no vuelan —dijo cuando engulló el último bocado.

—**¡Y lo dice ahora!** —exclamó Trotuman—. Pero imagino que serán rápidos o algo por el estilo.

—No corren, si es a lo que te refieres... Son plantas.

Willy, Vegetta y sus mascotas se quedaron boquiabiertos al oír al mimisícola.

—¿Has dicho **«PLANTAS»**?

—Así es —asintió el pastelero—. Eso sí, **tienen unos colmillos muy afilados.** Así que debéis tener mucho cuidado cuando os acerquéis a ellas. Podrían morderos.

—Mira tú por dónde, lo de los mordiscos sí que me lo esperaba —dijo Vakypandy, apurando su bocadillo.

Cuando terminaron de comer, la oscuridad bañaba el invernadero. Gonzalo el Goloso se puso en pie y se dirigió junto a los amigos a la zona en la que estaban plantados los vampiros de fuego.

—Llegamos en buen momento —anunció, bajando el tono de voz—. Parece que están despertando.

Los vampiros de fuego eran unas plantas de color morado de gran tamaño. De sus largos tallos salían dos hojas, de un tono verde muy oscuro, que parecían las alas de un vampiro gigante. Y qué decir de los capullos. Con la llegada de la noche, se habían abierto y parecían enormes bocas amarillas, naranjas y rojas.

—¿No hubiese sido mejor hacernos con el colmillo mientras dormían? —preguntó Willy, que miraba aquellas plantas con mucho respeto.

—**IMPOSIBLE** —rechazó Gonzalo el Goloso—. No soportan la luz del sol. Por eso, durante el día, se refugian bajo tierra.

—Ya... Pero supongo que tendrás algún plan para enfrentarte a ellos, ¿no?

El mimisícola sacudió la cabeza.

—La verdad es que no. Si os digo la verdad, no soporto la violencia.

Willy y Vegetta asintieron. Eso explicaba que hubiese desaparecido mientras luchaban contra los gatos ninja.

—¿Alguna idea de cómo enfrentarnos a estas criaturas? —preguntó Vegetta a su amigo.

—Si eres capaz de sujetar una de las cabezas, tal vez yo podría intentar arrancarle un diente. ¿Tenemos unas tenazas o algo por el estilo?

Gonzalo abrió su mochila y le entregó una herramienta parecida a las grandes pinzas con la que en su día se extraían los dientes. Sus manos temblaban como un flan.

—BIEN, VAMOS ALLÁ —dijo Vegetta.

Se acercó lentamente a una de las plantas, tratando de no llamar su atención. Estaba nervioso. Una gota de sudor le cayó por el rostro, pero siguió avanzando. Cuando estuvo suficientemente cerca, empleó sus conocimientos en artes marciales e hizo una llave para inmovilizarla.

Willy aprovechó para acercarse rápidamente hasta donde estaba su amigo. Se disponía a utilizar las tenazas cuando la planta escupió una llamarada de fuego como si de un dragón se tratara. Willy se agachó, haciendo gala de unos grandes reflejos, pero el fuego chamuscó la parte superior de su sombrero.

¡Vaya! Si también echa fuego... —dijo Gonzalo el Goloso, mostrando su sorpresa.

Willy le dirigió una mirada enfadada.

—¡Pues claro que echa fuego! —exclamó, enseñándole el estropicio causado por las llamas—. ¡Por algo tiene ese nombre!

—Pensaba que lo del fuego hacía referencia a la sustancia que se acumulaba en sus colmillos —dijo—. La verdad es que nunca me había enfrentado a un vampiro de fuego. No sé si os he dicho que también **me da miedo la oscuridad...**

—YA SE NOTA, YA SE NOTA...

Mientras tanto, Vegetta había salido corriendo de allí, pues las demás plantas se habían dado cuenta de que estaban siendo atacadas y comenzaron a lanzar dentelladas y a escupir fuego sin parar.

—**Buena la hemos hecho** —se lamentó Trotuman, refugiado tras un puñado de tiestos gigantes—. Ahora no hay quien se acerque a esos bichos.

—No sé a vosotros, pero con el fuego me está entrando un sueño... —dijo Mimí, que ya tenía un ojo medio cerrado.

Jacinto y Vakypandy se quedaron de piedra al oírla. ¡Acababa de despertarse de una buena siesta! Entonces, una llamarada le azotó en la cola al unicornio y este dio un buen brinco.

—SE ME ACABÓ LA PACIENCIA

—dijo Vakypandy—.

AHORA OS VAIS A ENTERAR.

—Ehm... Vakypandy —interrumpió Trotuman—... Si no has podido con unos gatitos ninja de nada, ¿cómo pretendes derrotar a un centenar de vampiros de fuego?

—Muy sencillo. **Sabemos que no soportaban la luz del sol, ¿verdad?** **¡PUES TOMA LUZ SOLAR!**

Los ojos de la mascota chispearon con fuerza y un rayo de luz blanca salió de sus cuernos, impactando de lleno en un grupo de plantas. Al instante, quedaron petrificadas. Los demás vampiros de fuego, al percibir la luz, se refugiaron rápidamente bajo tierra.

—¡ESO HA SIDO GENIAL!

—exclamó Jacinto, chocando sus cascos con Vakypandy.

—Y ahora tomad todo lo que necesitéis sin miedo a que os muerdan u os chamusquen el bigote —dijo la mascota.

Por si acaso, se apresuraron a recoger todos los colmillos que pudieron. No querían estar cerca si a una de las plantas se le ocurría asomar nuevamente la cabeza.

Con los dos primeros ingredientes en su poder, les quedaba por conseguir el tercero de la lista: el rayo de sol del amanecer. Aún quedaban unas horas para que saliese el sol y, desgraciadamente, el pastelero seguía sin recordar cuál podía ser el ingrediente asociado al sentimiento de tristeza.

—Recuerdo que era algo líquido —dijo—. Sí, lo guardaban en este botecito de plata.

El mimisícola les mostró un pequeño frasco plateado que llevaba en su mochila. Al instante, Willy y Vegetta comenzaron a sugerirle varias ideas. Tal vez había un manantial milagroso, un río subterráneo, un pozo mágico, el néctar de alguna flor... Pero Gonzalo el Goloso rechazó todas las sugerencias. No era nada de eso.

El grupo abandonó el invernadero y se dirigió a una de las torres que se alzaban en la fábrica moderna. El interior del edificio permanecía en silencio. No sabían si el misterioso personaje que estaba al frente del ordenador dormiría o se encontraría despierto, pero afortunadamente para ellos no dio señales de vida. Subieron por una larga escalinata de cristal y, cuando llegaron a lo más alto, admiraron el cielo estrellado que se alzaba sobre sus cabezas. No podía existir mejor sitio para hacerse con el primer rayo de sol del amanecer. Además, aquel sería un lugar idóneo para descansar unas horas.

Antes de que los amigos encontraran una postura cómoda, Mimí ya dormía plácidamente. Willy y Vegetta sonrieron al verla. Ellos también estaban cansados. Habían vivido tantas aventuras desde que habían salido de Pueblo que sus párpados cayeron como persianas de plomo y pronto quedaron sumidos en un profundo sueño.

Los primeros rayos de sol del día se reflejaron en sus rostros pocas horas después. Fue Willy quien se despertó al sentir la cálida luz, dando un rápido salto.

–**¡EL SOL!** —gritó, alertando a los demás—. **¡NOS HEMOS QUEDADO DORMIDOS! ¡VAYA DESASTRE!** —exclamó Vegetta, poniéndose en pie y mirando al horizonte—. ¿Cuál creéis que será el primer rayo de sol?

—Supongo que el que esté más arriba —dijo Jacinto—. Si Vakypandy y yo empleamos nuestra magia, tal vez podamos subir a alguno de vosotros a lo más alto y...

—**No temáis, YO TENGO EL PRIMER RAYO DE SOL DEL AMANECER** —anunció un sonriente Gonzalo, agitando un frasco de cristal que brillaba. En la parte superior tenía un mecanismo especial que le permitía captar la energía solar—. Apenas he pegado ojo en toda la noche pensando en cuál podía ser el cuarto ingrediente. Y justo cuando me hacía con el rayo de sol, lo recordé.

—¿DE VERDAD? ¿De qué se trata?

—De LÁGRIMAS DE UNICORNIO —respondió, sin poder ocultar la alegría de su rostro.

Todos se quedaron pensando unos instantes.

—**¿Y cómo se supone que vamos a conseguir lágrimas de unicornio?** —preguntó Vegetta, que no podía soportar la idea de hacer daño a esas criaturas.

—Además, tardaríamos mucho en ir hasta el Valle de los Unicornios y volver —dijo Jacinto—. Nos dieron veinticuatro horas y ya hemos consumido más de la mitad.

—Se te olvida un pequeño detalle, amigo mío —apuntó Trotuman—. **¡TÚ ERES UN UNICORNIO!**

—¡ESO SÍ QUE NO!

—exclamó Vegetta colocándose delante de Jacinto—.

¡NADIE LE HARÁ DAÑO!

¡POR ENCIMA DE MI CADÁVER!

—Nadie ha dicho que haya que hacer daño a nadie —aclaró Trotuman—. De todas formas, **¿qué os parece si desayunamos algo y pensamos en una solución?**

A todos les pareció una gran idea. El pastelero abrió su mochila y sacó lo que le quedaba de comida. Trotuman le ayudó con los preparativos. Fue él mismo quien entregó dos jugosas zanahorias a Jacinto, y este, al igual que la noche anterior, las engulló de un bocado.

La reacción del unicornio no se hizo esperar. Sus ojos comenzaron a enrojecerse, mientras abría la boca pidiendo agua desesperadamente. Unos segundos después, las lágrimas brotaban de sus ojos como dos cataratas.

—¿QUÉ LE HAS HECHO?
—preguntó Vegetta.

—Nada, nada —respondió Trotuman—. Le puse una pizca de polen de lirio picantón en sus zanahorias. Aunque es posible que se me haya ido un poco la mano...

Gonzalo el Goloso se apresuró a recoger las lágrimas de Jacinto en su frasquito de plata. Hubiese sido imperdonable desperdiciar un bien tan preciado.

—NO PUEDO CREÉRMELO —dijo al recoger
la última gota—.
¡Ahora sí que tenemos todos los ingredientes para preparar el Pastel de las Emociones!

Tan pronto terminaron de desayunar, abandonaron la torre y regresaron a la vieja fábrica. Previamente pasaron por los almacenes para recoger los ingredientes más sencillos de la receta: harina, levadura, huevos, aceite y azúcar. Una vez en la cocina, todos se pusieron un delantal y un gorro de chef, y comenzaron a preparar la mezcla. Batieron con alegría los huevos, añadieron el azúcar y el resto de los ingredientes. Cuando estuvo todo listo, vertieron la mezcla en un recipiente y lo introdujeron en el horno, siguiendo las indicaciones del pastelero. Unos tres cuartos de hora después, el Pastel de las Emociones estaba listo.

Gonzalo el Goloso se encargó de dar los últimos toques, para que el dulce estuviese decorado tal y como lo preparaban sus antepasados.

—¡LO HEMOS CONSEGUIDO!
—exclamó, aún sin creérselo.

—¡UN AUTÉNTICO PASTEL DE LAS EMOCIONES!
—dijo Trotuman.

—En realidad, eso no lo sabremos hasta que lo probemos —apuntó el mimisícola.

—**No necesito probarlo para saber todas las emociones que hemos vivido para prepararlo.**

Todos rieron al escuchar el comentario de Trotuman.

—Ahora es el momento de la verdad —dijo Gonzalo el Goloso.

Con mucho cuidado, llevaron el pastel al recibidor de la fábrica y se colocaron en el centro, esperando llamar la atención de quienquiera que estuviera al mando del ordenador central.

—AQUÍ ESTÁ EL PASTEL DE LAS EMOCIONES

—gritaron todos a la vez.

—Hemos cumplido nuestra parte del trato, así que el control de la fábrica deberá ser devuelto a su legítimo dueño —añadió Vegetta.

—¿Y cómo sé yo que no me estáis engañando?

—preguntó la voz desde los altavoces.

—Si no te fías, sal a probarlo —le desafió Willy.

—Muy bien. Eso mismo haré.

Para sorpresa de todos, unos segundos después se abría una portezuela automática. Tras ella apareció un pequeño gato blanco, con un extraño casco lleno de cables en la cabeza.

—¡SIKÚ! —exclamó Gonzalo lleno de felicidad. Pero

su alegría se tornó en extrañeza al ver a su mascota con todos aquellos electrodos. Entonces comprendió—. No es posible...

¡Eras tú quien había tomado el control de la fábrica!

—Ya te lo dije. Tus antepasados habrían sentido vergüenza de ti. Pero veamos si ahora eres digno de llevar Mikusino, S.A.

Sikú se plantó delante del Pastel de las Emociones. Tomó un cuchillo, cortó una porción y se la llevó a la boca. A los pocos segundos, una lágrima brotaba de uno de sus ojos. Por un instante, todos pensaron que le había tocado un trozo con polen de lirio picantón, pero no podían estar más equivocados.

—LO SIENTO —dijo Sikú, echándose a llorar—.
Siento haberme portado así.
¡SOY UNA MASCOTA MALA!

El Pastel de las Emociones había funcionado. Un fuerte sentimiento de culpabilidad y tristeza se había despertado en Sikú.

UNA TORMENTA DE COLORES

Sikú cumplió su promesa y devolvió el control de la fábrica a su dueño. Lo primero que hizo este fue parar la producción para evitar que saliesen más caramelos de las chimeneas de la fábrica. El mimisícola aún tardaría un tiempo en ajustar las máquinas para que todo volviese a funcionar como era debido. Ahora, no solo podría cumplir su sueño de ser el mayor productor de caramelos, sino que, gracias a Willy y Vegetta, también iba a poder hacer llegar el Pastel de las Emociones a todos los rincones del universo.

—Parece que todo el misterio ha quedado resuelto —dijo Willy satisfecho, después de despedirse de Gonzalo el Goloso.

—TODO NO —apuntó Jacinto—. **Aún queda un problema bastante importante.**

El unicornio señaló con su pata delantera derecha el entorno que los rodeaba. Aunque se había detenido la producción de la fábrica, toneladas de azúcar y dulces seguían cubriendo el paisaje de Mimisikú.

—**Ya veo** —dijo Willy, comprendiendo a qué se refería el unicornio.

—Mientras el Valle de los Unicornios siga cubierto de azúcar, mis amigos no podrán comer. **Y eso hará que permanezcan tristes y...**

—**No sigas, no sigas** —lo interrumpió Vegetta, a punto de romper a llorar—. No puedo soportarlo. Tiene que haber algo que podamos hacer.

Todos se quedaron pensando unos instantes. Al final, fue Mimí quien rompió el silencio.

—Supongo que el cepillo y la pasta de dientes no servirán de mucho para limpiar todo esto, ¿verdad?

—Me temo que no —dijo Willy.

—Y comérselas tampoco es una buena solución —añadió Trotuman, mordisqueando una nube rebozada en chocolate—.

¡SON DEMASIADAS CHUCHERÍAS HASTA PARA MÍ!

A Willy y Vegetta no les hacía ninguna gracia tener que abandonar el planeta sin resolver el problema. ¡Iba en contra de sus principios! Por eso, decidieron acompañar a Jacinto al Valle de los Unicornios. Tal vez por el camino se les ocurriese alguna solución.

—¿Y si disolvemos el azúcar? —preguntó de pronto Vakypandy.

—**¡Qué lista eres!** —respondió Trotuman—...
A lo mejor hasta se te ocurre cómo íbamos a poder hacerlo...

—**Un momento,
lo que ha dicho Vakypandy no es ninguna tontería** —comentó Jacinto con aire pensativo—. **SI LLOVIESE, SERÍA POSIBLE.**

—Desgraciadamente, aún faltan tres meses para la estación de las lluvias —le recordó Mimí—. Para entonces, será demasiado tarde...

—**¿Y si provocamos esa lluvia?** —propuso Vakypandy, insistiendo en su idea—. Con la ayuda de la magia, **¡PODRÍAMOS LOGRARLO!**

Algo más animados, reiniciaron la marcha.

—Sería necesaria una gran cantidad de magia, por supuesto —dijo Jacinto, tras hacer unos rápidos cálculos—. Para conseguirlo, deberían colaborar todos los unicornios del valle y me temo que es imposible. Más de la mitad están tan tristes que su magia se ha apagado.

—**Habrá alguna forma de hacer que la recuperen, ¿no?** —preguntó Vegetta, preocupado.

—Sí. Pero para ello necesitan recobrar el ánimo. Varias toneladas de zanahorias podrían servirnos...

—Sabes que eso es imposible —rechazó Mimí de inmediato.

—En ese caso, estamos como al principio —dijo Jacinto.

Sería primera hora de la tarde cuando llegaron al Valle de los Unicornios. El cielo estaba despejado, salvo por un par de nubes de algodón de azúcar. Tal y como se temían, el azúcar y las chucherías se acumulaban por todas partes. Los unicornios deambulaban por los campos como almas en pena.

A Trotuman le hizo gracia ver un montón de flautas de caramelo colgando de un arbusto. Se acercó y cogió una con sabor a fresa.

—¿Es que no vas a parar de comer? —le reprendió Willy.

—La verdad es que no tenía intención de comérmela —respondió la mascota y, sin más explicación, sopló por uno de los extremos.

La melodía comenzó a sonar con alegría y los miembros del grupo siguieron el ritmo. Curiosamente, los primeros en hacerlo fueron Jacinto y Mimí. Al rato se animaron los demás y Vegetta terminó liderando el baile de la conga.

—¡Qué bien tocas la flauta de caramelo! —dijo Mimí, bailando alegremente—. En Mimisikú todos la tocan como si fuese un silbato y da dolor de cabeza. Pero tú tocas música. ¡Buena música!

—¡LA MÚSICA ES LA ALEGRÍA DEL ALMA!

—exclamó Trotuman.

La mascota sonrió y siguió tocando.

—**¡UN MOMENTO!** —gritó Vegetta. Se detuvo tan bruscamente, que todos los que le seguían chocaron unos con otros y terminaron aplastados como un acordeón—. **¿Qué acabas de decir?**

—No es ninguna novedad —dijo Trotuman—. Siempre se ha dicho que la música es la alegría del alma.

—**¡PUES CLARO!** —exclamó Vegetta, dando una palmada—. ¡Esa es la solución! Podemos devolver la alegría a los unicornios con un buen concierto.

—Y así recuperarían su magia para poder limpiar el valle desencadenando una gran tormenta —completó Jacinto, mucho más optimista—. **¡SÍ! ¡PODRÍA FUNCIONAR!**

—**¡GENIAL!** —aplaudió Willy—. **¡DAREMOS UN CONCIERTO!**

Jacinto no perdió un solo instante. Descendió al trote al valle para convocar a todos los unicornios. Ninguno podía perderse un festival así.

—**Ejem** —carraspeó Trotuman—. Hay un pequeño detalle... Una cosa es tocar una pequeña flauta de caramelo para que bailen cuatro amigos y otra muy distinta dar un concierto para cientos de unicornios.

Trotuman habría preferido montar una buena fiesta y demostrar sus habilidades como DJ, pero era complicado en aquellas circunstancias. Estaban en un planeta lejano, no tenían mesa de mezclas ni electricidad para poder conectar unos bafles.

—¿Alguien tiene algún instrumento musical más aparte de estas pequeñas flautas de caramelo? —preguntó Trotuman.

—**Creo que en eso puedo echarte una mano** —dijo entonces Vakypandy.

La mascota de Vegetta cerró los ojos y, concentrándose, empleó su magia para dar forma a varios montones de azúcar. Así, pronto tuvieron violines, timbales, clarines, flautas... y hasta un contrabajo. ¡Todos ellos de caramelo!

—Nunca dejas de sorprenderme, amiga mía —dijo Trotuman—. Pero, ¿acaso has pensado en quién va a tocar todos estos instrumentos?

—Yo misma —respondió Vakypandy con una sonrisa—. Tú serás el director y yo me encargo del resto.

Una hora más tarde, cientos de unicornios se habían reunido en la explanada. Vegetta se puso como loco de contento al verse rodeado de aquellas fascinantes criaturas. Si por él hubiese sido, las habría metido a todas en la nave y habría regresado de inmediato a Pueblo. Pero no podía hacer eso. Ver tantos rostros tristes se lo impedía. Jacinto se había quedado corto en sus cálculos, pues eran muchos más de la mitad los que tenían las orejas caídas y los ojos llorones. Sin embargo, no habían dudado en asistir al concierto sorpresa que les había anunciado su amigo.

Trotuman cogió un bastón de caramelo a modo de batuta y se colocó frente a toda su orquesta. En realidad, no eran más que un montón de instrumentos dispuestos en el suelo, con Vakypandy al fondo. Con un movimiento de su batuta, Trotuman indicó a su amiga que se preparase para comenzar. Vakypandy se concentró e hizo que los instrumentos cobrasen vida. Se elevaron unos centímetros del suelo, como si una legión de músicos invisibles se dispusiese a tocar. Con una nueva indicación de Trotuman, dio comienzo el concierto.

Los violines de fresa ondearon al viento, mientras que las dulces melodías de los clarinetes de menta y las flautas de ciruela llegaban a los oídos de los unicornios. Los tambores de naranja y los platillos de limón siguieron el ritmo, igual que hicieron los unicornios. En muy poco tiempo, la explanada se transformó en una gran fiesta musical. Los unicornios bailaban, cantaban y, sobre todo, reían. La ilusión había vuelto a sus rostros.

Atraídos por la música, varios centenares de mimisícolas también se habían acercado hasta el lugar. La noticia de la llegada de Willy y Vegetta había corrido por Mimicity gracias a Canica, Tachuela y Risitas. Aunque muchos habitantes también los habían visto en el coche de Remí. Pronto, todos se encontraron bailando junto a los unicornios.

Había llegado el momento de la verdad.

Willy y Vegetta se acercaron dando alegres saltos hasta el lugar en el que bailaba Jacinto.

—¿Crees que podrías animar a tus amigos para formar una buena tormenta?

—**¡YA LO CREO!** —exclamó Jacinto, haciendo una pirueta—. Con la alegría que tienen en el cuerpo, ahora mismo, **¡PODRÍAN DESENCADENAR VARIOS TORNADOS!**

—Creo que un chaparrón de grandes dimensiones será suficiente —dijo Willy, sintiendo un escalofrío al recordar la última experiencia que tuvieron con un tornado.

Willy y Vegetta vieron cómo Jacinto, sin dejar de bailar, iba explicando a todos sus amigos lo que debían hacer. En un momento dado, Jacinto hizo una cabriola, sacudió las patas y su cuerno disparó un potente rayo de color azul al cielo. Los demás unicornios no tardaron en imitarle. Un rayo rojo, otro amarillo, dos verdes... Pronto el cielo se vio iluminado por centenares de rayos de todos los colores. Los mimisícolas aplaudieron al contemplar el asombroso espectáculo.

Cada rayo fue cobrando la forma de una nube gruesa y esponjosa, bien cargada de agua. Al cabo de un rato, el cielo estaba cubierto de multitud de nubes de distintos colores. Había tantas que no tardaron en chocar entre sí.

El primer trueno se escuchó inmediatamente y fue el momento en el que Trotuman y Vakypandy decidieron dar por concluido el concierto. Como todos los demás, no podían apartar la mirada del cielo.

—¡QUÉ MARAVILLA! —dijo Vegetta.

—Estoy contigo —asintió Willy—. Parece que se va a desatar una tormenta de colores.

—Me refería a todos estos unicornios haciendo magia —apuntó Vegetta—. Aunque sí, supongo que tienes razón. Es un espectáculo digno de ver.

Las primeras gotas comenzaron a caer sobre sus cabezas. No había un lugar donde guarecerse, pero tampoco les importó demasiado. Aquella tormenta era un motivo de celebración para los mimisícolas, pues significaba la salvación definitiva de Mimisikú. Al rato diluviaba con fuerza sobre el Valle de los Unicornios. Era una tormenta mágica, cuyas gotas de color parecían brillar al golpear el suelo, como si se tratase de chispas mágicas. Tal y como había previsto Vakypandy, el azúcar que cubría los montes, las plantas y los ríos comenzó a disolverse, dejando a la vista un precioso paisaje.

—**¡HURRA!** —gritaron los mimisícolas—.

¡ESTAMOS SALVADOS!

—**¡MIRAD!** —exclamó uno de los unicornios—.

¡Allí están nuestras zanahorias!

—¡Y nuestras lechugas!

—**¡POR FIN PODREMOS COMER!**

Calado hasta los huesos, Trotuman contempló con tristeza el valle.

—**Adiós a las chuches gratis** —murmuró.

—No te quejes —dijo Vakypandy—. Con todo lo que te has comido en las últimas horas, tienes suerte de no haber terminado como el Rey Guerrero.

DE VUELTA
A CASA

Los mimisícolas y los unicornios no podían estar más felices al ver que el valle había recuperado todo su esplendor. Agradecieron al grupo todo cuanto habían hecho por ellos y los últimos regresaron al trote a sus plantaciones. ¡Las zanahorias los esperaban!

—**Ahora sí que hemos completado nuestra misión** —dijo Willy, guiñándole un ojo a Jacinto.

—Ya lo creo —reconoció el unicornio—. Mimisikú nunca había estado tan bonito. Habéis hecho un gran trabajo. Muchas gracias.

—Sin ti no lo habríamos logrado —dijo Vegetta.

—Sí, supongo que algo he ayudado —dijo Jacinto—. Pero también lo han hecho Vakypandy, Trotuman, Mimí...

CREO QUE ES UNA VICTORIA DE TODOS.

—Sí, una... victoria... de todos —repitió Gonzalo el Goloso entre resoplidos.

Acababa de llegar corriendo a la explanada, acompañado por Sikú. Varios mimisícolas se hicieron a un lado para dejarle pasar. Venía cargando con un enorme paquete y estaba sonrojado por el esfuerzo. Mientras intentaba recuperarse, Trotuman olfateó el aire como si de un sabueso se tratara y se acercó hasta el paquete.

—¿Qué es eso que huele tan bien?

—Después de todo lo que habéis hecho por mí, quiero que os llevéis un recuerdo de vuestra estancia en nuestro planeta —dijo el pastelero—. Como tenía todos los ingredientes, os he preparado un Pastel de las Emociones para el viaje. **¡No sabía si llegaría a tiempo!**

—No tenías que haberte molestado —dijo Vegetta—. Antes de pasar por Mikusino, S.A. estuvimos en Mimicity. Allí aprovechamos para comprar unos cuantos *souvenirs*. Especialmente Trotuman y Vakypandy, ¿verdad, chicos?

Las dos mascotas miraron hacia otro lado, como quien no quiere la cosa.

—Aun así, es todo un detalle por tu parte —dijo Willy—. ¿No te parece, Vegetta?

Vegetta asintió. Se había quedado con la mirada fija en la ladera de la montaña, por donde se alejaban felices los unicornios. Cómo le habría gustado poder llevarse una de esas maravillosas criaturas a Pueblo.

—Tomad, así podréis compartirlo con vuestros amigos terrícolas —dijo Gonzalo.

—**Ejem...** —carraspeó Trotuman—. No es por nada, pero puede que se eche a perder después de un viaje tan largo. **¡Sería una lástima!**

—Trotuman, no tengas cara —dijo Vakypandy—. ¿Acaso has olvidado la velocidad a la que se desplaza nuestra nave?

—Bueno, no deja de ser una gran distancia —insistió Trotuman—. Tal vez se estropee por la ausencia de atmósfera. O puede que volvamos a toparnos con más asteroides. O...

—Vale, vale, ya lo hemos pillado —le interrumpió Willy—. Estás como loco por hincarle el diente. Y, ¿sabéis qué? Creo que, por una vez, Trotuman tiene razón.

—¿Qué quieres decir con eso de **«por una vez»**?

—Salvar la magia de los unicornios y el planeta Mimisikú bien merece una celebración —prosiguió Willy, ignorando el comentario de Trotuman—. Y, qué mejor que compartir este Pastel de las Emociones con los aquí presentes. Aunque hay tanta gente que no sé si alcanzará para todos...

—Sois muy generosos, pero no os molestéis —dijo Canica, acercándose hasta Willy—. Nosotros podremos volver a disfrutar del Pastel de las Emociones en cualquier momento gracias a vuestra ayuda.

—**¡ESO! ¡ESO!** —vitorearon los mimisícolas.

—Además, no creo que a Risitas le haga falta tomar un solo bocado de alegría —añadió Tachuela—. ¡No para de reír!

Mientras Trotuman aplaudía la decisión, Jacinto se acercó a Gonzalo el Goloso y le susurró algo al oído. Este asintió y le guiñó un ojo.

—Lo haremos como más os guste —dijo, invitando a todos a acercarse.

El mimisícola cortó varias porciones del enorme pastel y las fue entregando a cada uno. Willy, Vakypandy, Mimí y Jacinto comieron sus trozos, saboreando con gusto cada bocado. A Vegetta, que tenía un nudo en el estómago, le costó comérselo. En otras circunstancias lo habría disfrutado muchísimo. En cuanto a Trotuman, tan glotón como siempre, engulló su pastel como si fuese un cacahuete. No dudó en pedir la ración de Sikú, pues él ya había comido un buen trozo del anterior pastel.

—Lo siento, Trotuman. El Pastel de las Emociones ha de comerse con moderación —le dijo el Goloso—. Uno debe disfrutarlo y dejarse llevar por la emoción que le haya tocado.

Unos segundos después, Mimí comenzó a sollozar.

—**Me da mucha pena que os tengáis que marchar** —dijo, secándose las lágrimas—. De hecho, me da mucha pena haberos hecho venir hasta aquí, tan lejos de vuestro hogar, vuestros amigos... Y también...

—No te preocupes, no te preocupes —la consoló Vegetta—. Yo estoy feliz por haber venido. Gracias a ti he podido cumplir el sueño de mi vida y ver a los unicornios felices. Debería estar triste, pero **estoy muy contento.**

—**A mí me alegra verte feliz** —afirmó Willy, fundiéndose en un abrazo con su amigo.

El Pastel de las Emociones estaba haciendo su efecto. A Mimí le había tocado un trozo con tristeza, y Willy y Vegetta se habían hecho con una porción de alegría. Vakypandy parecía controlar muy bien su emoción, mientras que Jacinto sorprendió a todos con sus palabras.

—Creo que es un buen momento para pediros un favor —dijo, dirigiéndose a Willy y Vegetta—. Me gustaría marcharme con vosotros a vuestro planeta.

—**¡ESO SERÍA FANTÁSTICO!** —exclamó Vegetta, dando rienda suelta a su felicidad. Sin embargo, algo en su interior le hizo recapacitar—. Pero... Pero... Dejarías a todos tus amigos y tendrías muy difícil regresar...

—A decir verdad, no puedo imaginar mejores amigos que vosotros —reconoció Jacinto—. El cuerpo me pide descubrir nuevos lugares y vivir aventuras. Creo que vuestro planeta me encantará.

—No lo sabes bien —dijo Willy—. Si es tu decisión, creo que Vegetta no se opondrá. Y yo tampoco.

Vegetta corrió a abrazarse con Jacinto mientras Mimí desencadenaba una tormenta de lloros.

—¿Alguien ha visto a Trotuman? —preguntó de pronto Willy.

Con el revuelo causado por la decisión de Jacinto, no habían prestado atención a Trotuman. Willy respiró aliviado al ver que el Pastel de las Emociones estaba intacto. No quería ni pensar lo que hubiese podido sucederle de habérselo comido entero.

—¿TROTUMAN? ¿Dónde te has metido? —lo llamaron unos y otros—. ¡TROTUMAN, RESPONDE!

Al cabo de un rato de búsqueda, Canica llamó la atención de los demás.

—Me parece que aquel arbusto se ha movido.

—Trotuman, ¿te has escondido ahí? —preguntó Vegetta, frunciendo el ceño—. No estarás comiendo más chucherías, ¿verdad?

Unos ojillos asustados aparecieron tras las hojas del arbusto.

—No... —respondió Trotuman en un tímido susurro.

—Entonces, ¿se puede saber qué haces ahí?

—Tengo miedo...

—¿Miedo? —repitió Willy, extrañado. ¿Acaso había algún enemigo cerca?—. ¿De qué tienes miedo?

—De las chuches —susurró la mascota—. Me he comido tantas, que tengo miedo de que ahora quieran vengarse y vengan a por mí. **Si me ven, ¡estoy perdido!**

Entonces Willy lo comprendió todo. A Trotuman le había tocado una porción de pastel con miedo. Y lo más gracioso de todo era que... ¡ahora tenía miedo de los caramelos!

Jacinto se tiraba por los suelos de la risa. Era su particular venganza por el polen de lirio picantón que la mascota de Willy le había echado en las zanahorias del desayuno... ¡y le había salido redonda! Con un poco de suerte, Trotuman no volvería a probar los caramelos en mucho tiempo.

—**Ahora sí, ha llegado el momento de despedirnos** —anunció Vegetta.

Los mimisícolas llevaron a los amigos a hombros hasta la nave. Era lo menos que podían hacer por ellos. Después de la tormenta mágica, Mimisikú volvía a estar colorido y lleno de vida. El camino había recuperado los preciosos árboles de formas extrañas y flores grandes de vistosos colores que lo flanqueaban.

Estaban ya cerca de la nave cuando algo llamó la atención de Vakypandy.

—Trotuman, ¿te has fijado en aquellas setas de allí?

—**¡SON GIGANTES!** —exclamó su amigo—. ¿Qué crees que harían si las viesen nuestros amigos, los gusanos guasones?

—**Me parece que ya las han visto...**

—¿Qué quieres decir?

Mientras los demás seguían su camino hacia la nave, Vakypandy le pidió a su amigo que la siguiera. Estaban a pocos metros de las setas, cuando Trotuman se fijó en una pareja de pequeñas criaturas que descansaba sobre el sombrero de la más grande.

—¿**GERMANO**? ¿Acaso eres tú?

El gusano guasón movió el grueso bigote rubio. Llevaba puesto su inconfundible sombrero tirolés. A su lado, había una bella gusana guasona de largos cabellos dorados.

—Así es, Trrrotuman.

—Pero... ¿cómo habéis llegado hasta aquí? ¿Y quién es tu amiga?

—**Shhh... ¡No digas nada!** —exclamó Germano—. Esta es mi amiga **MARRRIANA**. Vinimos escondidos en vuestrrra nave. **¡Vaya viajecito tuvimos!**

—Pues debéis daros prisa si no queréis quedaros aquí —dijo Vakypandy—. La nave está a punto de despegar.

—**¡NAIN!** —rechazó el gusano—.

Nosotrrros nos quedamos. Fundarrremos la prrrimerrra colonia de gusanos guasones en el espacio.

Vakypandy y Trotuman se miraron sorprendidos. ¿Los gusanos guasones en el espacio? Aquello sonaba hasta divertido.

—Si lo tienes decidido, no seré yo quien trate de convencerte para que cambies de idea —dijo Trotuman—. Serías capaz de echarme a ese gusano gigante que guardáis en vuestra ciudad, y no tengo ganas de pelear.

Germano rio con fuerza. Las mascotas les desearon buena suerte y se despidieron de ellos pensando en qué pasaría en Mimisikú el día que Mariana y Germano estuviesen acompañados por cientos, o miles, de pequeños gusanos guasones.

¡SONABA A AVENTURA DE LAS GRANDES!

Cuando llegaron a la nave, comprobaron que todos los paquetes que habían encargado en la tienda de regalos estaban allí. El servicio a domicilio de los mimisícolas había funcionado estupendamente.

Afortunadamente para Vegetta, Jacinto no se arrepintió de su decisión y subió a la nave con los demás. Mimí les dio unas rápidas indicaciones para pilotar y llegar sanos y salvos a Pueblo.

—De todas formas, en caso de emergencia siempre podéis contar con la magia de Jacinto o Vakypandy —dijo la mimisícola.

—Esperemos que no sea necesario —suspiró Willy, que deseaba un viaje tranquilo—. ¡Pueblo nos espera!

La portezuela de la nave se cerró. Unos minutos después, el vehículo diseñado por Ray despegaba, dejando atrás un maravilloso planeta y unos increíbles amigos.

—¡HASTA SIEMPRE,
MIS QUERIDOS UNICORNIOS!

—gritó Vegetta.

—¡Hasta siempre, AMIGOS MÍOS!

—dijo Jacinto—. Algún día regresaré para contaros mis increíbles aventuras...

Una pequeña lágrima le recorrió el hocico. Siempre llevaría a sus amigos en el corazón.

La oscuridad del espacio envolvió la nave y Mimisikú quedó reducido al tamaño de una canica. Willy y Vegetta sonrieron al ver que los anillos multicolores que rodeaban al planeta volvían a brillar con intensidad. Satisfechos, activaron el piloto automático que los conduciría a Pueblo... y a nuevas aventuras.

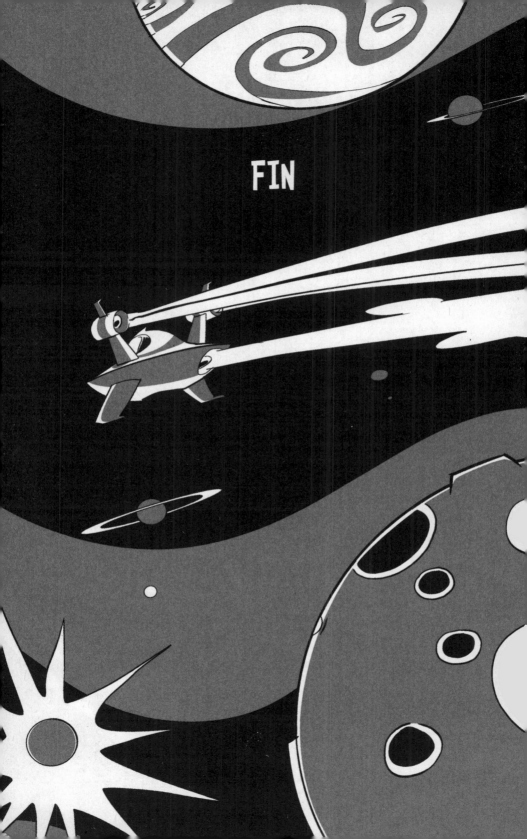